时文
精粹

SHIWEN
JINGCUI

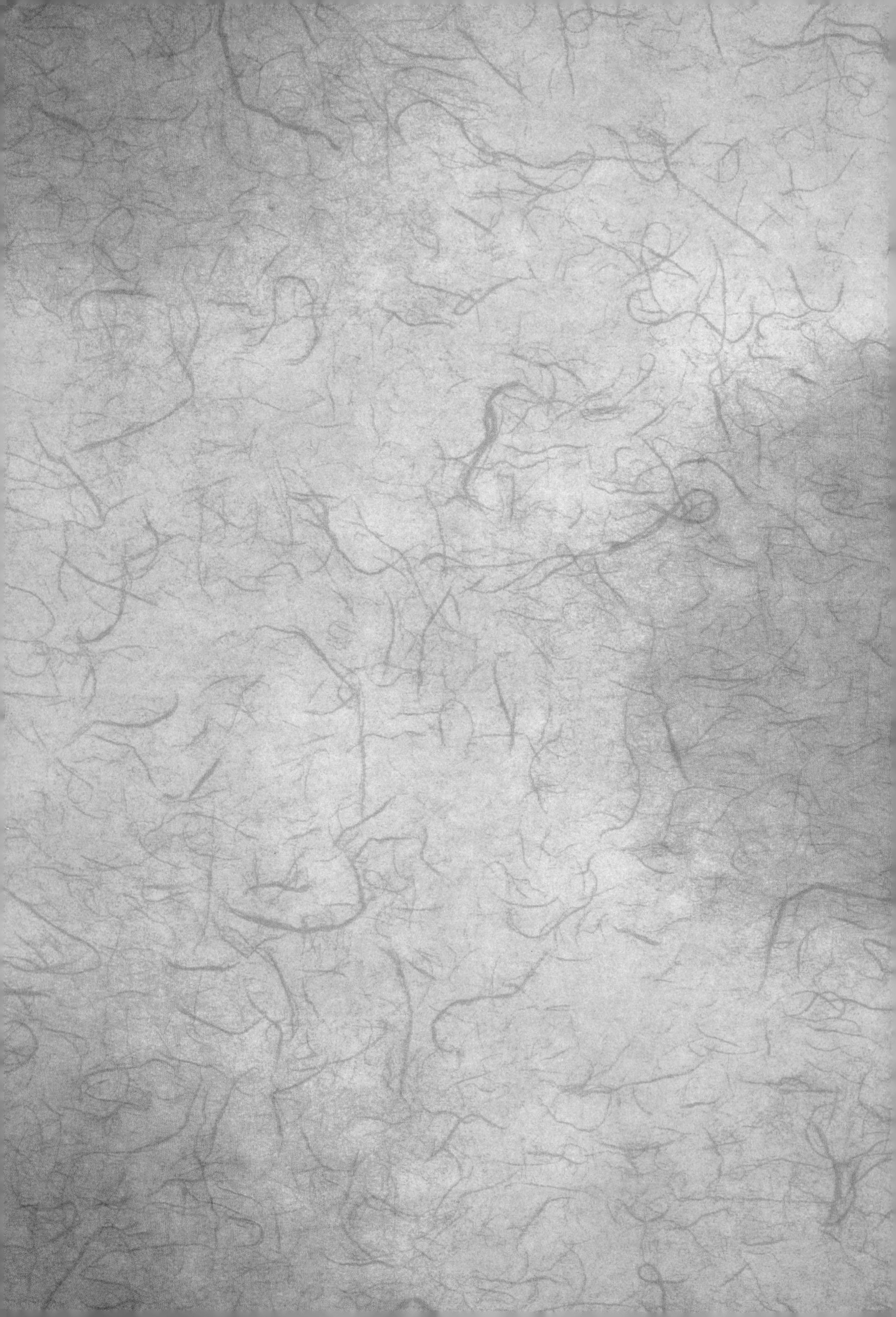

时文精粹 SHIWEN JINGCUI

不可放弃的努力

蒋光宇◎著

煤炭工业出版社
·北 京·

图书在版编目（CIP）数据

不可放弃的努力 / 蒋光宇著. -- 北京：煤炭工业出版社，2016（2023.1 重印）

（时文精粹 / 陈勇，吴军主编）

ISBN 978-7-5020-5233-1

Ⅰ. ①不… Ⅱ. ①蒋… Ⅲ. ①散文集—中国—当代 Ⅳ. ①I267

中国版本图书馆 CIP 数据核字（2016）第 053740 号

不可放弃的努力

著　　者　蒋光宇
丛书主编　陈　勇　吴　军
责任编辑　马明仁
封面设计　宋双成

出版发行　煤炭工业出版社（北京市朝阳区芍药居 35 号　100029）
电　　话　010-84657898（总编室）
　　　　　　010-64018321（发行部）　010-84657880（读者服务部）
电子信箱　cciph612@126.com
网　　址　www.cciph.com.cn
印　　刷　北京飞达印刷有限责任公司
经　　销　全国新华书店

开　　本　710mm×1000mm 1/16　**印张**　14　**字数**　120 千字
版　　次　2016 年 5 月第 1 版　2023 年 1 月第 5 次印刷
社内编号　8084　　　　　　**定价**　46.00 元

序言 | *Preface*

心愿与期盼

蒋光宇

这本从几千篇发表作品中精心挑选的文集，是送给读者朋友的礼物。

它难免有各种各样的不足与缺憾，但一定有呕心沥血的求索与锤炼。

它不能代替你成熟，但能激励你成长。

它不能代替你食鱼，但能激励你捕鱼。

它不能代替你得到尊重，但能激励你善待他人。

它不能代替你选择朋友，但能激励你爱惜友谊。

它不能代替你多谋善断，但能激励你能方善圆。

它不能代替你肩挑道义，但能激励你一身正气。

它不能代替你达到目的，但能激励你脚踏实地。

它不能代替你赢得荣誉，但能激励你竭尽全力。

它不能代替你功成名就，但能激励你奋发进取。

它不能代替你出类拔萃，但能激励你超越自己。

它不能代替你爱不释手地阅读，但能激励你发掘善良、正直与智慧的珍宝。

它不能代替你深谋远虑地思考，但能激励你寻找做人、处事与成功的向导。

它不能代替你成为伟大超凡的圣人，但能激励你成为高尚幸福的好人。

这就是我的心愿，这就是我的期盼。

目录

Contents

第一辑

不可放弃的努力

第二辑

尽力而为还不够

第三辑

厄运打不倒信念

第四辑

思考是勤奋的眼睛

第五辑

让困难开出智慧之花

第六辑 梦想如鸡蛋

第七辑 人格是命运的保护神

第八辑
改变自己就可以改变世界

1

第一辑

不可放弃的努力

不可放弃的努力

有所不为，才能有所为。人生有很多是可以放弃的东西，但万万不可轻言放弃的是：努力！

你是否知道鲮鱼和鲦鱼的习性？鲮鱼喜欢吃鲦鱼，鲦鱼总是躲避鲮鱼。有人曾经用这两种鱼做了一个实验。

实验者用玻璃板把一个水池隔成两半，把一条鲮鱼和一条鲦鱼分别放在玻璃隔板的两侧。开始时，鲮鱼要吃鲦鱼，飞快地向鲦鱼游去，可一次次都撞在玻璃隔板上，游不过去。过了一会儿工夫，鲮鱼放弃了努力，不再向鲦鱼那边游去。更有趣的是，当实验者将玻璃隔板抽出来之后，鲮鱼也不再尝试去吃鲦鱼了！鲮鱼失去了吃掉鲦鱼的信心，放弃了已经可以达到目的的努力。

其实，作为万物之灵的人，有时也犯鲮鱼那样的错误。记得4分钟跑完1英里的故事吧？自古希腊以来，人们一直试图达到4分钟跑完1英里的目标。人们为了达到这个目标，曾让狮子追赶奔跑者，也曾喝过真正的虎奶，但是都没实现4分钟跑完1英里的目标。于是，许许多多的医生、教练员和运动员断言："要人在4分钟内跑完1英里的路程，那是绝对不可能的。"因为我们的骨骼结构不对头，肺活量不够大，风的阻力又太大，理由实在很多很多。

然而，有一个人首先开创了4分钟跑完了1英里的纪录，证明了许许多多的医生、教练员和运动员的断言都错了。这个人就是罗杰·班尼斯特。更令人惊叹的是，一马当先，引来了万马奔腾。在此之后的一年，又有300名运动员在4分钟内跑完了1英里的路程。

训练技术并没有重大突破，人类的骨骼结构也没有突然改善，数十年前被认为是根本不可能的事情，为什么变成了可能的事情？是因为有人没有放弃努力，是因为有了榜样的力量。

在由失败通往胜利的路上，有时候障碍的确存在，甚至很多；有时候障碍已经消失，或已在不知不觉中被我们克服，可我们还误认为障碍仍然存在，不可逾越。可以说，有好多障碍并不是存在于外界，而是存在于我们的心里。

几乎每个胜利者，都曾经是个失败者。胜利者与失败者在大难大事上的重要区别是：胜利者屡败屡战，绝不轻易放弃努力；失败者屡战屡败，可惜地放弃了努力。

在由失败通往胜利的征途上有道河，那道河叫放弃。

在由失败通往胜利的征途上有座桥，那座桥叫努力。

安逸与压力

西方人非常爱吃沙丁鱼，但是想吃到活的沙丁鱼却很困难，因为沙丁鱼运到岸上就死了。聪明的打鱼人想出一个好办法，就是在一船捕捞上来的沙丁鱼里放几条十分活跃的鲇鱼。沙丁鱼在生命受到威胁的情况下不得不游动，因而能存活下来。人们把这种效果称为“鲇鱼效应”。

有人做过这样一个对比实验：把一只青蛙放进盛着冷水的锅里，然后慢慢地加热。青蛙的感觉很迟钝、很麻木，结果在慢慢地加热过程中死掉。有趣的是，先将锅里的水烧到沸腾，然后扔进一只青蛙。青蛙因受强热刺激，拼命一跳，逃离了开水。身陷绝境，反而逢生。

在美国的阿拉斯加自然保护区，人们为了保护鹿而把狼消灭了。鹿没有了天敌，饱食终日，无忧无虑。十几年之后，鹿群数量猛增，但体态蠢笨，同时由于食物紧缺和安逸少动引起的体质羸弱，导致鹿群大批死亡。于是，人们又把狼请了回来。鹿群迫于生存危机，四散奔逃，但日趋矫健灵活，恢复了蓬勃的生机。真是“敌存灭祸，敌去招过”。

在我国北方的哈尔滨市，有个虎园，里面放养了不少老虎。

有人在虎园里放了一头牛，结果此牛不畏虎，几经较量，反而虎口脱险！虎园里的兽中之王捕不住牛的咄咄怪事，能给人什么启示?

泰国拉差龙虎园的管理人员介绍：小老虎出生以后，先由猪奶妈喂养一个月，然后再由人工喂养，这样长大的老虎失去了野性。游人可以看到：虎和猪、狗等一起嬉戏、生活。虎崽吃猪奶，性情温又乖。这在科学上也许是一种探索，但环境改变了老虎的本性，老虎已经不是原来意义上的老虎了。

楚霸王项羽跟秦兵打仗，过河后把锅都砸碎，船都弄沉，决心背水一战。军士奋勇战斗，以一当十，以少胜多，大破秦兵。这便是著名的破釜沉舟的故事。正如《孙子兵法》所说："置之死地而后生。"

"祸兮福之所倚，福兮祸之所伏。"安逸，很容易使个体不思进取，使群体平庸和沉沦。与此相反，压力出动力，压力出活力，压力出实力。修炼身心，学习成才，带兵打仗，下岗就业，成就事业，概莫如此。成于压力，居安思危者存；败于安逸，养尊处优者亡。这是自然与社会普遍存在的现象。

面对压力，不应胆怯，不应逃避，要记住："狭路相逢勇者胜！"

面对安逸，不应贪图，不应陶醉，要记住："生于忧患，死于安乐。"诚哉斯言!

鲮鱼和蝴蝶

你是否知道鲮鱼和鲦鱼的习性？鲮鱼喜欢吃鲦鱼，鲦鱼总是躲避鲮鱼。有位生物学家曾经用这两种鱼做了一个实验。

实验者用玻璃板把一个水池隔成两半，把一条鲮鱼和一条鲦鱼分别放在玻璃隔板的两侧。开始时，鲮鱼渴望吃到鲦鱼，飞快地向鲦鱼发起进攻，可一次次都撞在玻璃隔板上，撞得晕头转向。撞了十几次之后，沮丧的鲮鱼失去了信心，不再向鲦鱼那边游去。更有趣的是，当实验者将玻璃隔板抽出来之后，鲮鱼也不再尝试去吃鲦鱼了！鲮鱼失去了吃掉鲦鱼的信心，放弃了本来已经可以达到目的的努力。

几天之后，鲦鱼因为得到生物学家供给的鱼料依然自由自在地在水中畅游，而鲮鱼却翻起雪白的肚皮漂浮在水面上死去了。

有一只美丽的蝴蝶，与上面的那条鲮鱼根本不同。

那是 1977 年，大卫·库茨明斯基正走在乔治亚州某个森林的小路上，出乎意料地遭到了一只蝴蝶的突然袭击！那只蝴蝶先是舞动优美的翅膀，在他的胸前做空中盘旋，企图阻止大卫的前行。当大卫向前迈进的时候，蝴蝶开始俯冲，用自己的头和身体，一次又一次竭尽全力地撞击他的胸膛。

只要大卫后退，蝴蝶的进攻就停止；只要大卫试图前进，蝴蝶的进攻也就重新开始。这是为什么？

大卫退了几步，蝴蝶也栖息在地。经过仔细观察，大卫明白了遭受袭击的原委。在大卫前行的路上，在发动进攻蝴蝶的栖息地，还有另一只蝴蝶，眼看已经奄奄一息了。发动进攻蝴蝶的翅膀一张一合，好像是给它扇风，显然是怕大卫前行时不注意踩死它。原来，蝴蝶向强于自己千万倍的行人发动不屈不挠的攻击，目的是要为它的伴侣多争取一些生命的宝贵时光。

……

鲮鱼和蝴蝶的故事，很能给人以启示。世界上很难出现百战百胜的常胜将军。困难是人生的教科书，逆境是磨炼人的重要学府。困难和逆境不会使人保持原样，或者使人变得高大，或者使人变得渺小。困难和逆境就像沉重的铁锤，粉碎着玻璃，锻炼着钢铁。哀莫大于心死。危险远不是真正的死亡，真正的死亡是丧失了生存的勇气。无论是幸运还是厄运，每个人都是自己灵魂的船长，都是自己命运的开拓者。命运给予我们的并不都是失望之酒，还有很多的希望之杯。成功不只是要战胜对手，更是要战胜自我。成功的一个秘诀就是屡仆屡起、屡败屡战。

奥秘

开学的第一天，古希腊大哲学家苏格拉底对学生们说:“今天咱们只学一件最简单，也是最容易做的事儿，每人把胳膊尽量往前甩，然后再尽量往后甩。”说着，苏格拉底做了一遍示范。

苏格拉底笑着问:“从今天开始，每天做 300 下。大家能做到吗？”

学生们都笑了。这么简单的事，有什么做不到的？

过了一个月，苏格拉底问学生们:“每天甩手 300 下，哪些同学坚持了？”有 90% 的同学骄傲地举起了手。

又过了一个月，苏格拉底又问:“每天甩手 300 下，哪些同学坚持了？”这回，坚持下来的学生只剩下 80%。

一年过后，苏格拉底再次问大家:“请告诉我，最简单的甩手运动，还有哪几位同学坚持了？”这时，整个教室里，只有一人举起了手。这个学生就是后来成为古希腊另一位大哲学家的柏拉图。

世间最容易的事是坚持，最难的事也是坚持。说它最容易，是因为只要愿意做，人人都能做到；说它最难，是因为真正能做到的终究是极少数的人。

任何伟大的事业，常成于坚持不懈，毁于半途而废。

任何伟大的事业，都不是靠一时的力量，而是靠长期的坚持来完成的。

任何伟大的事业，都有一个看来是微不足道的开始。要使理想的宫殿变成现实的宫殿，必须通过长期不懈地埋头苦干，一砖一瓦地去建筑。

人生就像马拉松赛跑一样，只有坚持到终点的人，才有可能成为真正的胜利者。

巴斯德曾这样说过："告诉你使我达到目标的奥秘吧，我唯一的力量就是我的坚持精神。"

成功有一个知易行难的奥秘——坚持。

举手

有位极具智慧的心理学家，在他的小女儿第一天上学的时候，教给她一个小诀窍，足以令她在学习生活中无往而不胜。

这位心理学家送女儿到学校门口，在女儿进校门之前告诉她：“在学校里要多举手，想上厕所的时候要举手，老师提问的时候要举手，遇到问题的时候要举手，只要有话说的时候就要举手，多举手特别重要。”

小女孩认真地遵照父亲的叮咛，不只在想上厕所的时候举手，而且在老师发问的时候，她总是力争第一个举手。不论老师所说的、所问的她是否完全理解，或者是否能够完全答对，她总是积极举手。

随着日子一天天过去，老师对这个不断举手的小女孩自然而然印象极为深刻。不论她举手发问，或是举手回答问题，老师总是优先让她开口。这种不为人所注意的争先举手发言的习惯，竟然使小女孩在学习成绩上，以及在自我肯定的表现上，甚至在许多其他方面的进步上，都大大超过了不爱举手的其他同学。

在不断举手的过程中，小女孩逐渐养成了积极迎接挑战的心态。

在不断举手的过程中，小女孩逐渐积累了积极迎接挑战的经验。

在不断举手的过程中，小女孩逐渐坚定了积极迎接挑战的信心。

多举手是心理学家教给女儿的小窍门，是学习生活中的有利武器。

不错，多举手是小事。但是，小事养成习惯，习惯形成个性，个性决定命运。小事是大事的开头，大事是小事的积累。选准小事，可成大事。

靠自己

有一天，大仲马得知自己的儿子小仲马寄出的稿子接连碰壁，便对小仲马说："如果你能在寄稿时，随稿给编辑先生们附上一封短信，或者只是一句话，说'我是大仲马的儿子'，或许情况就会好多了。"

小仲马倔强地说："不，我不想坐在你的肩头上摘苹果，那样摘来的苹果没味道。"年轻的小仲马不但拒绝以父亲的盛名做自己事业的敲门砖，而且不露声色地给自己取了十几个其他姓氏的笔名，以避免那些编辑先生们把他和大名鼎鼎的父亲联系起来。

面对一张张冷酷无情的退稿笺，小仲马没有沮丧，仍在屡败屡战地坚持创作自己的作品。

他的长篇小说《茶花女》寄出后，终于以其绝妙的构思和精彩的文笔震撼了一位资深望重的编辑。这位编辑曾和大仲马有着多年的书信来往。他看到寄稿人的地址同大仲马的地址丝毫不差，怀疑是大仲马另取的笔名，但作品的风格却和大仲马的迥然不同。这位编辑带着兴奋和疑问，迫不及待地乘车造访大仲马家。

令他大吃一惊的是，《茶花女》这部伟大的作品，作者竟是名不见经传的大仲马的儿子小仲马。

“您为何不在稿子上署上您的真实姓名呢？”这位编辑疑惑地问小仲马。

小仲马说：“我只想拥有真实的高度。”

这位编辑对小仲马的做法赞叹不已。

《茶花女》出版后，法国文坛的评论家一致认为，这部作品的价值远远超过了大仲马的代表作《基督山恩仇记》。小仲马靠自己的力量攀登到文坛的高峰。

美国物理学家富兰克林，是家中12个男孩中最小的。由于家境贫寒，他12岁就到哥哥开的小印刷所去当学徒。他把排字当作学习写作的好机会，从不叫苦。

不久，富兰克林认识了几个在书店当学徒的小伙伴，经常通过他们借书看。随着阅读数量的增加，他逐渐能学着写些小文章了。

在富兰克林15岁时，他哥哥筹办了一份报纸《新英格兰新闻》。报上常登载一些文学小品，很受读者欢迎。

富兰克林也想试一试文笔，但又不想通过哥哥来采用自己的文章。为此，富兰克林化名写了一篇小品，趁半夜没人时把稿子悄悄地放在印刷所的门口。

第二天一早，他哥哥看到那篇稿件，便请来一些经常写作的朋友审阅评论。那些人一致称赞是篇好文章。有一位诗人竟断定，这是出自名家的手笔。

从此，富兰克林的文章经常在报上发表，但他的哥哥一直不知道真正的作者是谁。后来，他哥哥决心要识破这个谜，在半夜时藏在印刷所门口。他哥哥做梦也没想到，这位“名家”竟是自己的弟弟小富兰克林。

…………

毋庸讳言，以人取言，人微言轻，近水楼台先得月，老子英雄儿好汉等等不公平的现象，目前还是比较常见的，就是在将来也是难以完全避免的。但是，与其怨天尤人哀叹自己的命运，倒不如脚踏实地增强自己的实力。从长远的观点看问题，任何事物发展的根本原因，不在事物的外部，而在事物的内部；外因是变化的条件，内因是变化的根据。在这个意义上，可以说人人都是自己命运的设计师，最可依靠的不是任何人的权力和威望，而是自己的力量。

“滴自己的汗，吃自己的饭。自己的事，自己干。靠人靠天靠祖上，不算是好汉。”陶行知的这些话，当然不是主张可以忽视前进中可以借用的力量，而是强调千靠万靠不如自靠的主张。

成败只差 5 丝米

电话机是谁发明的？恐怕很多人都会异口同声地说出美国发明家贝尔这个名字。不过，在贝尔之前，还有一位发明家曾为研制电话机做出过不小的贡献，他就是莱斯。

莱斯研究过一种传声装置，能用电流传送音乐，可惜的是不能用来传送话音，无法使人相互交谈。莱斯研究过的这种传声装置之所以不实用，除了其他原因外，一个至关重要的原因是：这种装置里的一颗螺丝钉往里少拧了二分之一圈——大约 5 丝米。

贝尔在莱斯研究的基础上，一方面采取了新措施，例如不使用间断的直流电，改为使用连续的直流电，从而解决了传送短促、多变讲话声音的问题；另一方面将莱斯装置里的那颗螺丝钉往里拧了二分之一圈。

莱斯的疏忽被贝尔纠正了，奇迹也随之出现：不能通话的莱斯装置神话般地变成了实用的电话机。

失之毫厘，谬以千里。成败只差 5 丝米！也就是成败只差半毫米！ 5 丝米，仅仅是 5 个万分之一米！

贝尔的改进使莱斯瞠目结舌，感慨万千。莱斯说："我在离成功 5 丝米的地方灰心了，我将终生记住这个教训。"

十年日记十年“不”

在伦敦的一家科学档案馆里，陈列着英国物理学家法拉第写了十年的一本日记。这本日记非常奇特：

第一页上写着：“对！必须转磁为电。”

以后，每一天的日记除了写上日期之外，都是写着同样一个词：“No（不）。”从1822年直到1831年，整整十年，每篇日记都如此。

只是在这本日记的最后一页，才改写上了一个新词：“Yes（是的）。”

这是怎么回事？

原来，1820年丹麦物理学家奥斯特发现金属线通电后可以使附近的磁针转动。这引起法拉第的深思：既然电流能产生磁，那么磁能否产生电流呢？法拉第决心研究磁能否生电的课题，并决心用实验来回答。

十年过去了，经过实验——失败——再试验……法拉第终于成功了。他在历史上第一次用实验证实了磁也可以生电，这就是著名的电磁感应原理。这个著名的原理，导致了发电机的诞生。

法拉第在这本写了长达十年的日记中，真实地记录了他不断失败和最后获得成功的过程。那一天一天所写的“No”，就是一次一次的失败；那最后一天所写的“Yes”，就是试验的最终成功。

法拉第正确对待多次失败的十年日记，表面看起来似乎显得那样的单调和乏味，可是换个角度看失败，给人的启发又是那样的丰富和深刻：

多次的失败并不表明你一无所获，而是表明你得到了宝贵的经验。

多次的失败并不表明你是命里注定的蠢货，而是表明你也许要变换方式另辟蹊径。

多次的失败并不表明你必须放弃，而是表明你还要更加坚持不懈。

多次的失败并不表明你永远无法成功，而是表明你还要花些时间。

多次的失败并不表明你浪费了时间、生命，而是表明你在集中精力攻破具有非凡价值的难关。

多次的失败并不表明你背时背运，而是表明你在尝试和探索中获得快乐。

多次的失败并不表明你不如别人，而是表明你尚有差距。

多次的失败并不表明你是一个盖棺论定的失败者，而是表明你正在用失败铺路，一步一步地接近辉煌的成功。

多次的失败并不表明你是一个屡战屡败经不起挫折的懦夫，而是表明你是一个屡败屡战勇往直前的勇士。

爱迪生说得好：“失败也是我所需要的，它和成功一样对我有价值。只有在我知道一切做不好的方法以后，我才知道做好一件工作的方法是什么。”只有完全拒绝失败之时，才是彻底失败到来之日。

法拉第正确对待多次失败的十年日记，不是一条道跑到黑，不撞南墙不回头的记录，而是对“失败乃成功之母”这句名言的绝妙诠释。

前进一步

在古罗马的历史上，斯巴达克是一位值得大书特书的奴隶英雄。他的一生波澜壮阔，他的英雄业绩载入史册，为后人所敬仰。他认为在自己的一生中，最受益和最难忘的人和事，就是母亲的一句话："前进一步。"

斯巴达克年少时开始学习剑术，一次他与同伴切磋剑术，当他还没有将剑刺到对手身上的时候，对手的剑却早已刺到了他的身上。斯巴达克很懊恼，抱怨自己的剑太短了。

这时，在一旁观看的母亲走过来，拍了拍他的肩膀，坚定地说："不，孩子，如果你前进一步，你的剑不就长了吗？"

母亲是孩子的上帝。有时候，母亲的一句话可以改变一个孩子的人生轨迹。从此，"前进一步"鼓舞着斯巴达克一步又一步地不断前进！

身为奴隶的斯巴达克，其英勇与善战，其智慧与力量，就连罗马的高层统治者也佩服得五体投地。经过罗马最高独裁者苏拉的同意，他获得了自由。自由，对于奴隶来说无疑是高于一切的。

斯巴达克在无比宝贵的自由面前没有满足，没有停步，他要"前进一步"，他要拯救自己的妹妹，拯救一切角斗士，拯救一切奴隶。他庄严地向古罗马的奴隶制度怒吼:“我诅咒把世界上的人类划分为自由人和奴隶的一切统治者!”

在斯巴达克的号召下，罗马的角斗士在伦杜鲁斯举行了令罗马统治者胆战心惊的起义。在长达四年的征战中，斯巴达克所领导的起义军为了自由而浴血奋战，他们用自己的血肉之躯给了罗马统治者以沉重的打击。角斗士和奴隶们在这场战争中，用“不自由，毋宁死”的大无畏气概证明他们不仅是应当获得自由的人，而且是能够创建伟大功勋和推动历史前进的人。

斯巴达克在节节的胜利面前没有满足，没有停步，他要“前进一步”，他要用自己的热血与生命，率领奴隶们为推翻万恶的奴隶制度和罗马暴政而奋斗。

代价是进步之父，补偿是进步之母。历史上的每次进步，几乎都是用热血和头颅来换取的。尽管斯巴达克的夙愿没能实现，起义军遭到了极其残酷的镇压，宁死不屈的7000名战士统统被吊死在从加普亚直通罗马的阿庇乌斯大道两边，但是斯巴达克所领导的起义顺应了历史的潮流，第一次敲响了古罗马奴隶制度的丧钟。从发展的观点看，任何统治者都无法停止地球的转动，无法阻拦飞奔向前的历史巨轮，无法挽救古罗马奴隶制的必然灭亡。

“前进一步”就是自强不息，永不满足；就是顺应潮流，与时俱进。坚持“前进一步”，就像绳锯木断，就像水滴石穿。坚持“前进一步”，再漫长的征途也会被甩在身后，再险峻的山峰也会被踩在脚下。

成功问答录

约翰·伍顿是美国UCLA篮球队的教练，曾领导球队连续拿到十多次全美篮球比赛的冠军。

有位教练问他：“你是如何指导球员，让任何一名球员进入球队后都变成冠军队伍中的一员？如何才能像你一样成功？”

约翰·伍顿回答说：“即使是篮球巨星，也要每天站在篮下5米处练习500次的基本投篮动作。因为球员只有每天练投500次，遇到紧急状况时才能有超水准的表现。基本动作是最重要的，时日一久，球员必有相当程度的改变。”

盖瑞·布雷尔是美国高尔夫球场上的名将，在比赛中经常能准确地挥出完美无缺的一杆。

有位高尔夫球运动员问他：“怎样才能挥出完美无缺的一杆？如何才能像你一样成功？”

盖瑞·布雷尔回答说：“我每天早上起来坚持挥杆1000次，双手流血，包扎过后继续挥杆，连续挥了30年。”

接着，盖瑞·布雷尔又说：“你愿意付出每天早上起来坚持挥杆1000次的代价吗？你愿意重复一模一样的单调动作吗？”

比尔·戴维斯是世界一流的保险推销大师。在他的退休大会上，吸引了保险界的各路精英。许多同行问他：“推销保险的秘诀是什么？如何才能像你一样成功？”

比尔·戴维斯坐在台上，自信地微笑着，看来对回答这个问题是胸有成竹，早有准备。

这时，全场灯光逐渐暗了下来，接着从幕后走出了四名彪形大汉。他们合力扛着一座铁马，铁马下垂着一个大铁球。当现场人士丈二和尚摸不着头脑时，铁马被抬到一个十分结实的讲台上。

比尔·戴维斯手执小锤，朝大铁球敲了一下，大铁球没有动；隔了 5 秒，他又敲了一下，大铁球还是没动。就这样，每隔 5 秒，他都再敲一下……

10 分钟过去了，大铁球纹丝不动；20 分钟过去了，大铁球依然纹丝不动；30 分钟过去了，大铁球还是纹丝不动……

台下的同行开始骚动了，后来有人陆续离场而去，再后来人越走越多，最后留下来的只有零星几个人。但是，比尔·戴维斯手执小锤，还是全神贯注地持续敲着大铁球。

40 分钟后，大铁球终于开始慢慢地晃动了，后来摇晃的幅度越来越大，就算有人想让大铁球立刻停下来，也是很难办到的事情了！

留下来的几个同行兴奋了，又开始追问他：“推销保险的秘诀是什么？如何才能像你一样成功？”

一直默默不语的比尔·戴维斯说：“只要方向对头，成功者，绝不会放弃；放弃者，绝不会成功。”

再多走一步

有一天，俄罗斯的著名作家克雷洛夫正在大街上行走，一个年轻的农民拦住他，向他兜售苹果：“先生，请你买些果子吧，但我要告诉你，这筐果子有点酸，因为我是第一次学种果树。”年轻的农民很笨拙地说着。

克雷洛夫对这个憨厚、诚实的农民产生了好感，于是买了几个果子，然后说：“小伙子，别灰心，只要努力，以后种的果子就会慢慢地甜起来了，因为我种的第一个果子也是酸的。”

农民听了之后很高兴，认为自己碰到了一个“同行”，因而高兴地问：“你也种过果树？”

克雷洛夫笑着解释说：“我的第一个果子是我写的《用咖啡渣占卜的女人》，可是这个剧本直到现在也没有一个剧院愿意上演。”

与克雷洛夫的写作命运相近，海明威最初寄出的几十个短篇全部被退了回来；莫泊桑直到30岁才发表第一篇作品。

其实，第一个果实常常是酸的，这在生活中是一个到处可以看到的普遍现象。

曾被纽约世界美术协会推举为当代第一大画家的张大千先生，博采众长，独成一家，绘画技艺高超。他的许多代表作，都被世界各国的美术家们公认为世界美术宝库中的珍品。然而鲜为人知的是，在张大千先生的艺术生涯中，他第一次成功的画作卖出后仅换得 80 个铜板。在当时，80 个铜板只能买 2 斤腊肉。张大千先生这一个成功之果并未给他带来丰厚的报酬，但他并未因此而放弃追求成功的决心和努力。

英国作家萧伯纳在初学写作之时，给自己规定每日必须完成 5 页稿子的写作任务。就这样苦苦写了 4 年，总共才得到 30 英镑的稿费。但萧伯纳并未因此而灰心丧气，而是鼓起勇气继续写作。又这样苦苦写了 4 年，陆续写出了 5 部长篇小说，先后向 60 多家出版社投稿，全部遭到无情的拒绝。在退稿信上，有的编辑甚至直言不讳地说，他根本不是写作的材料，并劝他放弃自己的写作生涯。但萧伯纳仍然坚持，坚持每天写一定数量的文章。又继续这样苦苦写了 4 年，天道酬勤，他终于成为英国 20 世纪最伟大的作家之一。

第一个果实常常是酸的，这是古今中外、古往今来生活中的一个普遍现象。面对这种现象，萧伯纳曾经说过这样充满哲理的话："多走一步，就可以缩短一步接近成功的距离。胜利就在前方，你的任务就是坚持，就是再多走一步！"

模仿走不出自己的路

有一位女子，出生于一个平常的家庭，找了一个平常的工作，嫁了一个平常的丈夫，有了一个平常的家。总之，她的一切都很平常。

有一天，报纸大张旗鼓地招聘一名特型演员——扮演王妃。她的一位朋友好心地替她寄去一张应聘照片，没想到顺利过关。从此，这位平常的女子，开始了她漫长的“王妃”生涯。

她反复阅读了有关王妃的大量资料，细心揣摩王妃的每一缕心事，反复模仿王妃的一颦一笑、一言一行、一举一动。

“不像，不像，这也不像，那也不像！”导演、摄影师无比挑剔，一次又一次让她重来。

功夫不负苦心人。现在，这位平常的女子轻而易举地就能进入角色，根本无须费多少时间就可以惟妙惟肖、炉火纯青地扮演“王妃”了。

糟糕的是，后来她要想恢复那个平常的自我却非常困难。

每天早晨醒来，她必须一再提醒自己“我是谁”，以防止自己指点或驱使家人；在与善良的丈夫和活泼的女儿相处时，她必须一再提醒自己“我是谁”，以避免莫名其妙地对他们喜怒无常。

平常女子深感痛苦地对人说："一个长期投入地扮演享受优厚礼遇和至上尊敬的人，要恢复平常的自我实在是太难了。"就连说这话的时候，她也仍然像个"王妃"。

无独有偶。还有一个女子，从小就被人称赞，称赞它长得像玛丽莲·梦露。因此，她收集并研究了所有与玛丽莲·梦露有关的资料和照片，将梦露主演的影片一看再看，为的只是惟妙惟肖、炉火纯青地模仿梦露的一颦一笑、一言一行、一举一动。

她整日沉醉在他人的喝彩声中，日久天长，她似乎以为自己就是玛丽莲·梦露了，以至于时常忘掉了自己是谁。

到了36岁的时候，她竟模仿了玛丽莲·梦露的自杀，连最后的死亡方式都与玛丽莲·梦露一模一样。于是，她就这样结束了自己的一生，真是令人为她感到惋惜。

人是善于模仿的动物。模仿本身并没有错，每个人的学习常常是从模仿开始的。模仿是初始的学习，是创造的前提条件。创造离不开模仿，但模仿不是创造。模仿走不出自己的路。即使对于大师，也不能停留于模仿。仅仅停留于模仿，就会迷失自我，迷失前进的方向。

人之所以可贵，就在于创造。已经创造出来的东西比起有待创造的东西，永远是微不足道的。在日益激烈的国际竞争中，模仿者亡，创造者存，这是不以人们意志为转移的客观规律。事事都有可创造之事，时时都是可创造之时，人人都应做能创造之人。

成功的道路是目标铺出来的

心理学家曾经做过这样一个实验：

心理学家组织三组人，让他们分别向着十公里以外的三个村子进发。

第一组的人既不知道村庄的名字，又不知道路程有多远，只告诉他们跟着向导走就行了。刚走出两三公里，就开始有人叫苦；走到一半的时候，有人几乎愤怒了。他们抱怨为什么要走这么远，何时才能走到头，有人甚至坐在路边不愿走了。越往前走，他们的情绪就越低落。

第二组的人知道村庄的名字和路程有多远，但路边没有里程碑，只能凭经验来估计行程的时间和距离。走到一半的时候，大多数人想知道已经走了多远。比较有经验的人说："大概走了一半的路程。"于是，大家又簇拥着继续向前走。当走到全程的四分之三的时候，大家情绪开始低落，觉得疲惫不堪，而路程似乎还有很长。当有人说："快到了！""快到了！"大家又振作起来，加快了行进的步伐。

第三组的人不仅知道村子的名字、路程，而且公路旁每一公里就有一块里程碑。人们边走边看里程碑，每缩短一公里大家便有一小阵的快乐。行进中他们用歌声和笑声来消除疲劳，情绪一直很高涨，所以很快就到达了目的地。

心理学家得出了这样的结论：当人们的行动有了明确目标的时候，并能把自己的行动与目标不断加以对照，进而清楚地知道自己的进行速度和与目标之间的距离，人们行动的动机就会得到维持和加强，就会自觉地克服一切困难，努力达到目标。

这使人联想到罗斯福总统的夫人与萨尔洛夫将军的一次对话。

罗斯福总统的夫人在本宁顿学院念书的时候，打算在电信业找一份工作，以补助生活。她的父亲为她引见了自己的一个老朋友——当时担任美国无线电公司董事长的萨尔洛夫将军。

将军热情地接待了她，并认真地问："想做哪一份工作？"

她回答说："随便吧。"

将军神情严肃地对她说："没有任何一类工作叫'随便'。"

片刻之后，将军目光逼人，以长辈的口吻提醒她说："成功的道路是目标铺出来的。"

如果将心理学家的结论用萨尔洛夫将军的语言来表达，那就是："成功的道路是目标铺出来的。"

如果人生没有目标，就好比在黑暗中远征。人生要有目标，一辈子的目标，一个时期的目标，一个阶段的目标，一个年度的目标，一个月的目标，一个星期的目标，一天的目标……一个人追求的目标越高，他进步的就越快，对社会也就越有益。有了崇高的目标，只要矢志不渝地努力，就会成为壮举。

如果将心理学家的结论用哲人的语言来表达，那就是："伟大的目标构成伟大的心灵，伟大的目标产生伟大的动力，伟大的目标形成伟大的人物。"

没有比脚更长的路

那是一支24人组成的探险队，到亚马孙河上游的原始森林去探险。由于热带雨林的特殊气候，许多人因身体严重不适应等原因，相继与探险队失去了联系。

直到两个月以后，才彻底搞清了这支探险队的全部情况：在24人当中，有23人因疾病、迷路或饥饿等原因，在原始森林中不幸遇难；他们当中只有一个人创造了生还的奇迹，这个人就是著名的探险家约翰·鲍卢森。

在原始森林中，约翰·鲍卢森患上了严重的哮喘病，饿着肚子在茫茫林海中坚持摸索了整整三天三夜。在此过程中，他昏死过去十几次，但心底里强烈的求生欲望使他一次又一次地站了起来，继续做顽强的垂死抗争。他一步一步地坚持，一步一步地摸索，生命的奇迹就这样在坚持与摸索中诞生！

后来，许多记者争先恐后地采访约翰·鲍卢森，问得最多的一个问题是："为什么唯独你能幸运地死里逃生？"

他说了一句非常具有哲理的话："世界上没有比人更高的山，也没有比脚更长的路。"

天无绝人之路，只要有脚，就会有路。这就是支撑他死里逃生的信念。

总要有一样拿得出手

电影《小英雄雨来》曾名震天下，剧中雨来的扮演者孟旭也因该片获得广泛赞誉，被称为“天才小影星”，成了许多人眼中的未来“电影大明星”。

但是，命运并不都像人们所预期的那样。孟旭长大后不仅没有成为影视界的明星，而且书也读得不够理想，处境似乎有些尴尬。

后来，孟旭的父亲送他到日本学习厨艺，临行时语重心长地叮嘱道:“人活在世上，总要有一样东西能拿得出手！”在日本留学的几年，尽管他非常刻苦努力，但很遗憾，厨艺还是拿不出手。

孟旭 20 岁那年回国，立志改学杂技，侧重钻研“在口腔内用舌头穿针引线”的绝活。其实，出生在杂技世家的他，很早就发现自己有练此绝活的天赋。他 4 岁那年，偶然观看了口内穿针的魔术演出。他很惊讶，不靠手、眼，只凭舌头、嘴，也能穿针引线？！回到家后，他偷偷地练，竟然真地穿针成功。

功夫不负苦心人，他终于练就了一手令人赞叹不已的绝活，可以在口腔内用舌头游刃有余地穿针引线了。他深有体会地说，用舌头纫针的技巧属于微型杂技，是真功夫。除了口腔器官的技巧外，表演时的心理状态也十分重要，要沉得住气，尽量达到物我

两忘的境界。

从1997年开始，他在世界各地进行过多次表演，中央电视台也请他在《曲苑杂谈》第90期节目里表演了“在口腔内用舌头穿针引线”的绝技。

表演时，只见孟旭打开一个盒子，上面插着几排最小号的缝衣针。他把一根丝线和缝衣针先后放到嘴中，闭上嘴，嘴唇微微嚅动，大约不到20秒，捏着针尖的手往前一推，一根针就挂在了丝线上！在2分20秒内，他用舌头穿上了8根针……

孟旭令人匪夷所思的绝技，引起了境内外多家媒体的关注，纷纷争先恐后地采访。有的媒体认为他是“继美国魔术大师胡迪尼之后唯一掌握这项绝技的人”。

孟旭实事求是地解释说，胡迪尼的节目是魔术，是假的，把一根线和一把针一起扔进嘴里，再拉出来，其实扔进嘴里之前针已经全穿在线上了；自己在口腔内用舌头穿针引线，则是真的。一真一假，两者不可同日而语。当然，像胡迪尼那样变魔术他也会。

孟旭凭着用舌头在嘴里纫针的绝技，在浙江省东阳市横店镇高手如林的“中国首届绝技绝活评选暨挑战大赛”决赛中，以6分40秒用舌头纫针31根的成绩获得了“十佳”最高奖。不久前，他还拿到了英国吉尼斯世界纪录证书。

人生就是一座宝藏。每个人都像孟旭一样，身上一定也隐藏着能拿得出手的东西。只要开发出一样能拿得出手的东西，人生就会充盈如歌，亮丽夺目。人生在世，可以有很多尝试，可以有很多探索，可以有很多追求，但千万别忘了，总要有一样东西能拿得出手！

2

第二辑

尽力而为还不够

重要的是让自己强大起来

一位搏击高手参加锦标赛，自以为稳操胜券，一定可以夺得冠军。

出乎意料之外，在最后的决赛，他遇到一个实力相当的对手，双方竭尽全力出招攻击。当对打到了中途，搏击高手意识到自己竟然找不到对方招式中的破绽，而对方的攻击却往往能够突破自己防守中的漏洞。

比赛的结果可想而知，搏击高手惨败在对方手下，也失去了冠军的奖杯。

他愤愤不平地找到自己的师父，一招一式地将对方和他搏击的过程再次演练给师父看，并请求师父帮他找出对方招式中的破绽。他决心根据这些破绽，苦练出足以攻克对方的新招；决心在下次比赛时打倒对方，夺回冠军的奖杯。

师父笑而不语，在地上画了一道线，要他在不能擦掉这道线的情况下，设法让这条线变短。

搏击高手百思不得其解，怎么会有像师父所说的办法，能使地上的线变短呢？最后，他无可奈何地放弃了思考，转向师父请教。

师父在原先那道线的旁边，又画了一道更长的线。两者相比较，原先的那道线，看来变得短了许多。

师父开口道："夺得冠军的重点，不在如何攻击对方的弱点。正如地上的长短线一样，只要你自己变得更强，对方就如原先的那道线一般，也就在相比较之下变得较短了。如何使自己更强，才是你需要苦练的根本。"

在夺取成功的道路上，在夺取冠军的道路上，有无数的坎坷与障碍，需要我们去跨越、去征服。人们通常走的有两条路：

一条夺冠之路是侧重攻击对手的薄弱环节。不少的人，都喜欢直接找出最速成的方法，正如故事中的那位搏击高手，欲找出对方的破绽，给予致命的一击，用最直接、最锐利的技术或技巧，快速解决问题。

另一条夺冠之路是侧重全面增强自身实力。就是故事中那位师父所提供的方法，更注重在人格上、在知识上、在智慧上、在实力上使自己加倍地成长，变得更加成熟，变得更加强大，使许多以往令人头痛的问题，不治而愈，迎刃而解。

其实，这两条夺冠之路并不是完全排斥的，而是相辅相成的。巧妙地攻击对手的薄弱环节是极其必要和重要的。记得一位伟大的军事家说过："用一句话来概括指挥战争的艺术，就是集中优势兵力来打击敌人的薄弱环节。"但是，全面地增强自身实力，则是攻击对手的薄弱环节的基础。在人们普遍看重攻击对手的薄弱环节的情况下，听一听那位师父全面地增强自身实力的妙论，还是很有启发的。可以说，全面地增强自身实力，是解决疑难问题的最稳妥的方法，是迈进成功之门最可靠的途径，是胜在战前的夺冠之本。

珍惜

宋代著名的书法家米芾（1051—1107），小时候曾经跟村里的一个私塾先生学写字。学了三年，费了好多纸，却写得很平常，先生一气之下把他赶走了。

一天，有个赶考的秀才从米芾的家乡路过。米芾听说他的字写得很好，就去求教。秀才说："要我教你，就得用我的纸才行。我的纸五两纹银一张。"米芾听后，吓得目瞪口呆。

秀才又说："不买我的纸就算了。"

米芾急了，忙说："我找钱去。"母亲经不住米芾的苦苦哀求，只好把唯一的首饰当了五两纹银。秀才接过银子，把一张纸给了米芾，并嘱咐他要用心写字。

这只不过是一张普通的纸，但米芾不敢轻易下笔，反复认真琢磨字帖。他用手指在书桌上画着，想着每个字的间架结构和笔锋，渐渐入了迷。

半天过后，秀才找到米芾问："怎么不写呢？"

米芾一惊，笔掉在地上，说："纸太贵，怕废了纸。"

秀才笑道："你琢磨了这么半天，写个字让我看看。"

米芾写了个"永"字，几乎和字帖上的字一样，可又好像不一样，真是漂亮极了。

秀才说：“写字不只是动笔，还要动心。你已经懂得窍门了。”

几天后，秀才要走了，临行前送给米芾一个布包，并叮嘱要在他走后再打开。米芾目送秀才远去，打开布包一看，原来是那五两纹银！米芾不禁掉下了眼泪。此后他一直把五两纹银放在书桌上，时刻铭记那位苦心教他写字的秀才。天道酬勤，米芾珍惜每一张白纸，勤学苦练，终于成为历史上赫赫有名的大书法家。

珍惜白纸，可以练出精美的书法。

珍惜幼苗，可以育出参天的大树。

珍惜土石，可以形成巍巍高山。

珍惜滴水，可以汇成茫茫海洋。

珍惜时间，可以使生命之花更加绚丽。

珍惜工作，可以使事业之果更加丰硕。

珍惜情感，可以肝胆相照，荣辱与共。

珍惜群众，可以感天动地，所向披靡。

……

世间可怕的是挥霍，可贵的是珍惜。因为挥霍导致衰败，珍惜导致兴盛。

有为有不为

有位青年人，非常刻苦，可事业上却收效甚微，为此他很苦恼。

有一天，他找到昆虫学家法布尔说："我不知疲倦地把自己的全部精力都花在了事业上，结果收获却很少。"

法布尔同情、赞许地说："看来你是一个献身科学的有志青年。"

这位青年又说："是啊！我爱文学，我也爱科学，同时，对音乐和美术的兴趣也很浓，为此，我把全部时间都用上了。"

这时，法布尔微笑着从口袋里掏出一块凸透镜，做了一个"小实验"让这位青年看：当凸透镜将太阳光集中在纸上一个点的时候，很快就将这张纸点燃了。

接着，法布尔对有些惘然的青年说："把你的精力集中到一个点上试试看，就像这块凸透镜一样！"

这位青年恍然大悟，由此受到很大的启发。

每个人的精力都是有限的，有所不为才能有所为，只有把有限的精力集中到一点上，才能干出一番事业。这个道理虽然通俗易懂，但如果用语言表达，则很容易平淡和一般化。法布尔借用凸透镜能将太阳光集中起来并点燃纸张的现象来说明有所不为和集中精力的重要性，既明白易懂，又形象生动。

其实，不仅初出茅庐的年轻人容易犯忽视有所不为和集中精力的毛病，而且有所专长的人也容易犯这个毛病。

有一天，19 世纪德国著名画家阿道夫·门采尔耐心地倾听一位画家诉苦。那位画家说："我真不明白，为什么我画一幅画只需一天时间，可卖掉它，却要等上一年。"

门采尔认真地回答："亲爱的！请你颠倒过来试试吧！要是你花一年工夫去画它，那在一天里准能卖出去！"

"请你颠倒过来试试吧！"门采尔的这句话，巧妙地揭示了一天画完的画往往得需一年才能卖出去，而一年画完的话画则往往只需一天就能卖出去的规律性，说明了有所不为才能有所为，只有把有限的精力集中到一幅画上，才可能创造出为人们喜爱的佳作。

少则得，多则惑。同时追逐两只兔子的人，一只兔子也抓不住。眉毛胡子一把抓，样样"通"的结果，只能是样样"松"。人无所舍，必无所成。一方面，要善于集中精力，抓住机会，做好可以做好的重要的事情；另一方面，又要善于舍弃不重要的事情或暂时不宜做的事情。"知足知不足，有为有不为。"这句老话讲的正是这个道理。

才智是个变数

清朝名臣左宗棠喜欢下棋，而且棋艺高超，很少碰到对手。

有一次他微服出巡，在街上看到一个摆棋阵的老人，其招牌上醒目地写着几个大字："天下第一棋手。"左宗棠觉得老人实在过于狂妄，于是立刻上前挑战。没有想到老人不堪一击，连连败北，原来只不过是徒有虚名而已。

左宗棠春风得意，命老人赶紧把那块招牌砸了，不得再夜郎自大丢人现眼了！

光阴似箭。当左宗棠从新疆平乱回来的时候，看到老人依然如故，还把"天下第一棋手"的招牌悬在那里，心里很不高兴，决心狠狠地教训教训不自量力的老头子！

他又跑去和老人下棋，但是出乎意料，这次自己竟被杀得落花流水，三战三败，难有招架之力。左宗棠不服，第二天又去再战，然而败得更惨。

他很无奈，惊讶地问老人："为什么在这么短的时间内，你的棋艺竟能进步如此之快？"

老人微笑着回答："大人虽是微服出巡，但我已得知你是左公，而且即将出征，所以存心让你赢，让你有信心去建立大功。如今你已凯旋，我便无所顾忌，也就不必过于谦让了。”

真是山外青山楼外楼，能人后面有能人。左宗棠听后心服口服，深感惭愧。

此外，还有一个让左宗棠深思良久、终生难忘的小事。

曾国藩和左宗棠同是清朝的重臣，朝野一般多以“曾左”并称他们二人。

曾国藩年长于左宗棠，并且对左宗棠予以提拔，但左宗棠为人颇为自负，从没把曾国藩放在眼里。

有一次，左宗棠很不满意地问其身旁的侍从：“为何人都称‘曾左’，而不称‘左曾’？”

一位侍从直截了当、发自肺腑地回答：“曾公眼里常有左公，而左公眼中则无曾公。”

左宗棠听后幡然悔悟。

下下人有上上智。侍从的妙答，包含着深刻的道理。一个人的才智，其实是个变数。谦虚使一个人的才智增值，自负使一个人的才智贬值；谦虚使一个人的才智增色，自负使一个人的才智逊色；谦虚使一个人的才智更具魅力，自负使一个人的才智产生斥力。

化劣势为优势

人的劣势，未必就一定是不可能转化的劣势，或者进一步说，未必就一定是不可能转化为优势的劣势。

博格斯是NBA篮球队有史以来最矮的球员，身高只有1.6米，即使在东方人的眼里也算矮子，更不用说是在两米都嫌矮的NBA篮球队了。

但是，这个最矮的球员却是NBA表现最杰出、失误最少的后卫之一。他控球一流，远投准确，就是带球上篮也总能变幻莫测，让人防不胜防。

博格斯是不是天生的高手呢？当然不是，而是苦练的回报。

有一次，他在接受记者访问的时候，谈到了自己走入NBA的历程。

博格斯从小就长得特别矮小，但却异乎寻常地热爱篮球。当时他的梦想就是有一天去打NBA，因为NBA的球员享有极高的社会评价和雄厚的经济实力。这几乎是所有爱打篮球美国少年的梦想。

每当博格斯告诉他的伙伴："我长大后要去打NBA！"

听到的人都忍不住哈哈大笑，有人甚至笑倒在地上。因为伙伴们认定：一个1.6米的矮子是"天灾"，是"绝对不可能"打NBA的。

伙伴们认定的“绝对不可能”，并没有磨灭博格斯的志向。他用比一般人多几倍、十几倍的时间练球圆梦，终于成为全能的篮球运动员，成为最佳的控球后卫。他将自己矮小的劣势转化成为矮小的优势：个子小不引人注意，运球的重心低，行动灵活迅速，传球、投球屡屡得手。

博格斯创造了自己的奇迹，小个子成为篮球大球星。

还有一个十几岁的小男孩，在车祸中不幸失去了左臂。这个独臂的小男孩也创造了自己的奇迹，成为少年柔道比赛的冠军。

小男孩失去了左臂之后，拜一位日本柔道大师做了师父，专心致志地学习柔道。他学得不错，可是练了三个月，师父仅仅教了他一招。

小男孩有点纳闷，便忍不住试探着问师父：“我是不是应该再学学其他的招术？”

师父回答说：“你的确只学会一招，但你目前只需要练精、练好这一招就够了。”

小男孩还是不明白，但他相信师父，于是又继续埋头练了下去。

又过了几个月，师父第一次带小男孩去参加少年柔道比赛。小男孩自己也没有想到，居然轻轻松松地赢了前两轮。第三轮有点艰难，但对手求胜心切，逐渐变得有些急躁，连连进攻，小男孩抓住破绽，敏捷地施展出自己的那一招，又赢了。就这样，小男孩迷迷瞪瞪地进入了决赛。

决赛时的对手，要比小男孩高大强壮许多，似乎也更有经验。小男孩一度有点招架不住，裁判担心小男孩会受伤，就叫了暂停，并打算就此终止比赛。然而小男孩的师父不答应，坚决地说：“请裁判让比赛继续进行下去！”

比赛重新开始后，对手放松了戒备，小男孩趁机使出那漂亮的一招，制伏了对手，赢得了比赛，获得了冠军。

在回家的路上，小男孩和师父一起回顾每场比赛的细节。小男孩鼓起勇气道出了心里的疑问："师父，我怎么只凭这一招就赢得了冠军？"

师父答道："有两个原因：第一，你几乎完全掌握了柔道中最难掌握的这一招；第二，就我所知，对付这一招最有效的办法是对手需要抓住你的左臂。"

小男孩恍然大悟，原来正是因为失去了左臂，被制伏的最大劣势不存在了，劣势反倒变成了不易被制伏的优势。

尺有所短，寸有所长。人或事物都各有各的长处和短处，只要善于扬长避短，就可以将劣势转化为优势。

继续敲门的勇气

英国皇家学院公开张榜，为大名鼎鼎的戴维教授选拔科研助手，年轻的装订工人法拉第听说后激动不已，赶忙到选拔委员会报了名。但临近选拔考试的前一天，法拉第接到通知：他的考试资格被取消了，因为他只是一个普通的装订工人。

法拉第很不服气，急忙赶到选拔委员会去申述。但委员们却对他说："一个普通的装订工人想进皇家学院，没有别的办法，除非你能得到戴维教授的同意！"

法拉第犹豫了，顾虑重重地走到了戴维教授家的大门口。他在门前徘徊了很久，终于敲响了门。门开了，一位老者注视着法拉第，"门又没有闩，请你进来吧。"老者微笑着对法拉第说。

"教授家的大门整天都不闩吗？"法拉第疑惑地问。

"干吗要闩上呢？"老者幽默地说，"当把别人闩在门外的时候，也就把自己闩在屋里了。"

这位老者就是戴维教授，听了法拉第的述说和请求之后，写了一张纸条，说："年轻人，你带着这张纸条去，告诉选拔委员会的那些人说，戴维老头同意你参加考试了。"

经过严格激烈的选拔考试，书籍装订工法拉第出人意料地

成了戴维教授的科研助手，迈进了英国皇家学院那高大而华丽的大门。

法拉第靠继续敲门的勇气，敲开了英国皇家学院的大门。1830年，瑞典化学家塞夫斯特穆则靠继续敲门的勇气，敲开了发现钒元素的大门。

在发现钒元素之后，塞夫斯特穆以轻松风趣的科学童话般的笔调，给自己的朋友维勒写了下面的话：

“在宇宙中住着一位漂亮可爱的女神。一天有人敲响了她的门，女神懒得动，等着第二次敲门，谁知这位来宾只敲过一次就走了。女神急忙起身打开窗子张望。‘是谁家的冒失鬼呀？’她自言自语道，‘啊，一定是维勒！’如果维勒再敲一下，不就见到女神了吗？”

“过了几天，又有人来敲门，一次敲不开，就继续敲下去，女神开了门，原来是塞夫斯特穆。他们相晤了，钒元素便诞生了。”

是持之以恒，保持继续敲门的勇气；还是浅尝辄止，放弃继续敲门的勇气，这便是塞夫斯特穆对两位好朋友寻找钒元素成败原因的精彩反思。

法拉第敲开英国皇家学院的大门，靠的是继续敲门的勇气；塞夫斯特穆敲开了发现钒元素的大门，靠的也是继续敲门的勇气。其实，要敲开任何一扇成功的大门，又有谁不需要保持继续敲门的勇气呢？

一个成功者和一个失败者的区别，很多时候并不在于能力的大小或设计的好坏，而在于能否信赖自己的决心，适度地冒险和行动，即能否保持继续敲门的勇气。

可怕的自我限制

有位科学家，将一只平常可以跳跃超过 30 公分高度的跳蚤，放在一个透明的玻璃杯里面，而这个玻璃杯的高度却只有 15 公分，也就是这只跳蚤所能跳跃最高限度的一半。

一开始，这只跳蚤在玻璃杯里面跳跃时，它的头部总会撞到玻璃杯盖上。这只跳蚤在跳了多次之后，为了不让自己的头部撞到玻璃杯盖上，就改用一半的力气去跳。此后，它的头部就再也没撞到玻璃杯盖上。

经过一段时间后，科学家把玻璃杯盖取下，这只跳蚤本可以自由地跳跃。然而，这只跳蚤所跳的高度却还是不超过 15 公分。因为它不仅已经习惯了所处环境的制约，而且习惯了压制自己潜能的发挥！毫无疑问，长此以往，其能力势必慢慢退化。

那次到大连的海洋动物园参观，身边的一个小孙子向爷爷问了一个有趣的问题：“这只鲨鱼会长到多大？”

爷爷的回答很有意思：“那要看这只鲨鱼的活动空间有多大。如果放在小小的水族箱里，它会一直停留在几公分大。如果放到海洋里，它会逐渐长大到足以把人一口吃掉。”

在很多情况下，人的发展完全可以突破外界环境的限制。

德国法兰克福的钳工汉斯·季默，从小便迷上音乐。他买不起昂贵的钢琴，就自己用纸板制作模拟黑白键盘。他反复练习演奏贝多芬的《命运交响曲》，竟把十指磨出了老茧。后来，他用作曲挣来的稿费买了架“老爷”钢琴。他有了钢琴，如虎添翼，很快成为好莱坞电影公司的音乐主创人员之一。

他作曲时常常如痴如醉，忘了与恋人的约会，惹得许多女孩骂他是“音乐白痴”“神经病”。婚后，他帮妻子蒸的饭，经常变成“红烧大米”。有一次他煮加州牛肉面，结果是面条煮成了粥。妻子对他很客气，不急不怒，只是罚他把煳粥全部喝掉，剩一口就离婚。

他不论走路或乘地铁，总忘不了在本子上记下即兴的乐句，当作创作新曲的素材。有时他从梦中醒来，打着手电筒写曲子。

天才常是某一领域的痴迷者。大概正是对事业的痴迷，才迎来了事业的辉煌。汉斯·季默在第67届奥斯卡颁奖大会上，以闻名于世的动画片《狮子王》荣获最佳音乐奖。这天，恰巧是他的37岁生日。

任何事物的发展，不仅会受到外界环境的限制，而且会受到主观努力的限制。相比较而言，真正可怕的限制不是外界环境的限制，而是自己对自己的限制。在外界环境大体相当的情况下，主观努力才是发展快慢的决定性因素。只有遭到打击就灰心泄气，自己限制自己的人，才是彻底的失败者。

小贝利擦球鞋

英国有句谚语："一个父亲胜过一百个教师。"此话也许有些夸大，但不乏深刻。

被称为伟大球星的贝利，有一个热爱足球非同寻常的爸爸。爸爸教会贝利很多东西，其中的一件小事使他终生难忘。

小贝利虽然对足球很热爱，但因为年龄小，且不善于观察，所以迟迟不能掌握踢足球的奥妙。这些都被爸爸看在眼里。一天，爸爸拎来一个箱子，对刚满 7 岁的贝利说："孩子，这是个擦鞋工具箱，里面是你舅舅刚买来的擦鞋工具和鞋油。从明天起，你就去给职业球员擦球鞋去吧！"贝利很不情愿地答应了。

第二天，在足球场旁边，出现了一个瘦小的身影，只见他蹲在地上，正吃力地给球员擦着脏兮兮的球鞋，而那些球员则悠然自得。这时，一个小伙伴走过来，打抱不平地说："你爸爸也真够狠的，竟叫你来擦臭球鞋。"听了这话，贝利感到很委屈，他回去找爸爸。

一进门，贝利就抱怨说："爸爸，你为什么要让我去擦球鞋？还是赶紧教我掌握踢球的窍门吧！"

爸爸没有回答，只是问："今天你擦了几双球鞋？"

“5 双。”贝利有点不耐烦地说。

“你都擦了什么位置？”爸爸问。

于是，贝利将那些鞋的脏处一一说了。

外行看热闹，内行看门道。爸爸听后笑着说：“每一脏处便是球员触球的地方，既然你都擦过了，你就应该知道踢球时触球的窍门了。”

从那以后，贝利一改以往粗枝大叶的毛病，一丝不苟地练习球技和钻研窍门，逐渐掌握了踢球的要领。

几年后，贝利成了包鲁俱乐部少年队的小球员。在后来的包鲁首届室内少年足球锦标赛中，他共进了 40 个球，成为最佳射手，在包鲁市有了名气。1956 年，贝利加入著名的桑托斯足球队，球技有了飞跃性的进步。1957 年，当他正与家人团聚的时候，突然听到电台播送新一届国家队队员的名单里居然有他的名字。在此之前，也曾有人告诉他可能入选国家队，但他一直不敢相信，毕竟他才刚刚 17 岁啊！但是，一切都是真的。贝利从此代表国家队出征，开始了他人生最辉煌的时期。

在赛场上，贝利非常善于观察和寻找窍门。他发现球员在罚点球的一瞬间，守门员总会下意识地动一下，而这个动作无意中暴露出即将扑球的方向。利用这一点，贝利发明了新式罚点球的方法。每次在他罚点球的一瞬间，都突然作出暂短的停顿，看清守门员扑球的方向后，迅速将球踢向与守门员扑球相反的方向。结果，这一招非常见效，令守门员防不胜防。他自己说，实际上这是一种假动作，这个窍门就得益于小时候爸爸的点拨。

会说的不如会听的，会听的不如会看的。只有用智慧的眼光观察世界，才能洞悉它的一切。每个父亲要给自己孩子找个忠实的伴侣，这个忠实的伴侣就是观察。

向绝对不可能挑战

生活中有许多被认为是绝对可能的事情、似乎是天经地义的事情，却一而再、再而三地化为乌有；生活中也有许多被认为是绝对不可能的事情、似乎是不可思议的事情，却一而再、再而三地变成了现实。先请看下面这个故事：

一位白痴对天才说："我的牙齿能咬住我的左眼球，你能吗？"

天才不假思索地说："这是绝对不可能啊？"

白痴胸有成竹地说："那我们打个赌？"

天才应允。但见白痴将假眼球取出，用上下牙咬了一下左眼球。

天才惊讶地说："真没想到，真可以呀！"

白痴又说："我的牙齿还能咬住我的右眼球，你能吗？"

天才想，既然他能看见我，那他的两只眼睛就不可能同时都是假的，他总不能再把右眼球也拿下来吧。于是，天才稳操胜券地说："这是绝对不可能的！"

接着，两人再次打赌。只见白痴微笑着把假牙拿了下来，然后往右眼球一咬。

天才悔不当初地说："真没想到，真可以呀！"

也许有人会说，这个故事是虚构的。但不能不承认其构思巧妙，且反映了生活的真实。有谁能否认生活中的确常有类似的事情发生呢？

有一天，警察罗沙气势汹汹地对工人卡斯说：“有人控告你偷工厂里的东西，你快乖乖地承认吧！”

卡斯笑道：“你爸爸是厂里的老板，你舅舅是账房先生，你姨父是老工头，怎么会看不住几个工人，让工人把厂里的宝贝偷走呢？”

罗沙又恶狠狠地追问：“你屋里摆的东西到底是从哪里来的？”

卡斯仍然笑道：“靠打赌赢来的呀！你不信？我们打赌：今晚，你的屁股会长出一条又粗又长的尾巴。明天上午10点，你到我这儿来，如果真长出尾巴，你输给我800元；如果没有长出尾巴，我宁愿输给你800元。”

按照约定的时间，罗沙神气十足地踱进卡斯家，得意扬扬地向卡斯伸手要钱：“卡斯，付钱吧！我的屁股连一条又细又短的尾巴也没长出来。”

“不会的呀，一定长了！你得让我亲手摸过才算。”卡斯坚定不移地自言自语。

罗沙有些尴尬，但环顾四周，并无旁人，便脱下裤子，让卡斯去摸。卡斯仔细摸过一遍，兴奋地大声呼叫：“我赢啦！”卡斯边喊边冲进里屋拿出一大叠钱，点给罗沙800元。他举起那些剩余的钱开心地欢笑。

这时里屋走出三个人，罗沙愣住了，原来是他的爸爸、舅舅、姨父。他爸爸一脸怒气，狠狠地打了罗沙一巴掌，舅舅和姨父也无奈地瞪了他一眼，相继悻悻而去。

罗沙则懵懵懂懂，不知发生了什么事。

卡斯乐呵呵地说：“我先跟你打赌，你走后，我又跟你爸爸、舅舅和姨父打赌，说你愿意让我摸你的屁股。你爸爸他们不相信，结果他们三人每人输了800元。扣去你赢的800元，我还净赚1600元。现在，你该相信了吧？我家里的东西，确实是靠打赌赢来的！”

也许还会有人坚持说，警察罗沙与工人卡斯打赌的故事纯属虚构。但是，奥地利两位著名的作曲家莫扎特和海顿打赌的故事，则是一段有根有据的佳话。

有一天，莫扎特笑着对海顿说：“我有一首你不会演奏的曲子。”

海顿自然不信，接过莫扎特递给的乐谱，开始演奏起来。演奏到一个地方，海顿只好停下来，感到上当受骗了，于是喊道：“难怪你说我不会演奏，现在我的两只手已经在钢琴键盘的两端，却又要让我在钢琴键盘的中间同时再奏出一个音，这无论对谁来说都是绝对不可能的。”

莫扎特又笑了，坐到钢琴旁胸有成竹地演奏起来。当他演奏到海顿刚才停下的地方时，出人意料地用自己的鼻子弹了钢琴键盘中间的那个音。

莫扎特轻松愉快地创造了个“奇迹”，将“绝对不可能的”变成了现实。海顿恍然大悟，茅塞顿开，心悦诚服地认输。

打赌斗智，善谋者胜。输者，输在循规蹈矩，输在被习惯的力量束缚得紧紧的；赢者，赢在另辟蹊径，赢在不拘一格，“创”新立异。

打赌取胜需要善谋，可又有什么事情取胜不需要善谋呢？既实事求是又异想天开，善于突破习惯力量的束缚，善于向“绝对不可能”挑战，这正是善谋取胜者的一个重要特征。

从此他的世界里全是光

金晓宇本来有个无忧无虑的童年，知识分子的家庭也让他拥有良好的家庭环境。可是刚上高中不久，他就不幸患上了躁狂抑郁症，也叫双相情感障碍，病人会抑郁和躁狂交替发作。

精神科专家说，此病来得快去得也快，但可怕之处在于，不知何时会发病，吃药也无法控制，唯一能做的，就是及时送医。于是，父母从 1992 年起，基本每年都要送金晓宇去医院。

而此时，金晓宇也像迎来了转机一样，他开始埋头自学，他对语言产生了兴趣。他报考了浙江大学英语系的自考专业，而后发奋苦读，用了两年就拿到了毕业文凭。随后，他要求父母给他买书——英语、日语、古文、围棋、音乐、绘画、地理等，各种书籍累计两百多本。当时，是金家最为困难的时期，因为金晓宇到处治病需要花钱，打砸自己家的东西尚且不要紧，关键还偶尔打砸别人家的，自然需要赔钱。可就是在如此困境之下，父母仍然咬牙支持他自学。

1993 年，金晓宇父亲冒着被砸坏的危险，花了一大笔钱给金晓宇买了一台联想电脑。那天，久未露出笑容的金晓宇高兴地对着父亲说：“爸爸，谢谢你！”

之后，虽然金晓宇还会发病打砸东西，但他坚决不会触碰两样东西：一个是父亲给他买的电脑，一个是母亲为了节省亲自给全家人做四季衣服而使用的缝纫机。并且，他用电脑从来不是打游戏，主要用来做两件事：自学外语和看原声电影。他用了六年时间自学了德语、日语，巩固英语。看原声外语电影时，他先看带中文字幕的，看懂后，做一个纸条挡住字幕再看。一部电影这样训练无数遍，直到完全能听懂为止。

这算是上天开始补偿金家的不幸了。恰如这种疾病带来的两大安慰一样，第一，金晓宇的确不再寻求自杀。第二，他的语言能力逐渐增强。他的语言训练法，俨然是他自我康复训练法，不仅大大降低了他的发病频次与破坏力，还训练了他越来越强的外语翻译能力。

老话之所以常常被人提起，是因为老话常常是金玉良言，比如，机会从来只留给有准备的人。2010 年，金晓宇母亲前往南京大学参加 50 周年同学会。当一位留校任教的同学听说金晓宇因生病在家待业时，问金晓宇是否可以在家做翻译？金母立刻表示可以试试，她说自己的儿子英语日语都很棒。

很快，南京大学出版社寄来了美国女作家安德烈娅·巴雷特的八篇短篇小说，让金晓宇尝试翻一篇。他以最快的速度翻译了其中的《船热》。交稿时跟出版社说，如果审核通过，剩下的也请交给他翻译。

金家父母虽然知道儿子这些年很刻苦在学习外语，可从来没见他实战过，心里很没底。于是金父问到，你翻译的这是文学啊，等于是再创作，一篇还不知道行不行，一整本书你能翻译好吗？

金晓宇自信地回道："爸爸，你放心，我翻的不会比别人差，这些年我出门就是到浙江图书馆，我不是去玩，你到浙图查下借阅登记卡，我借过的每本书，都有金晓宇的名字。"

"那你看过几本小说？"

“我看完了图书馆里所有的外语小说。”

事实证明，金父的担心完全是多余的。因为书稿寄到南大出版社后，编辑部沸腾了。众位编辑掀起了争抢当责编的“混战”，因为金晓宇的译稿全书居然没有一处错字、错句、错译。一位翻译新星就这样横空出世。南京大学出版社迅速与他建立合作关系，并陆续给他一部部翻译任务。从此，他开始了翻译人生。十余年间，他以每年两本书的速度出稿，一共翻译出22本书，近七百万字，每本书都好评如潮。这短暂又高产的翻译生涯，是金家最难得的幸福岁月。

南京大学的教授同学打电话祝贺金妈妈，说你们养了一个天才。面对金晓宇取得的可喜成绩，金家父母自然是无比欣慰。

恰如一位他的读者对其人生故事的精准评价：“你亲手抓住了你的阴影，从此你的世界里全是光。”的确是这样，金晓宇视他翻译的书为他的儿女，是他生命前行不竭的动力。

真理有时也需要装饰

有一位国王，两次梦到自己的牙齿都掉光了。于是，他召来一个智者为其解梦。

这个耿直的智者愁眉苦脸地对国王说：“陛下，我不得不向您直说，这是个不吉祥的梦：每掉一颗牙齿，就意味着您将会失去一个亲人。”

国王听后勃然大怒：“你这个胆大妄为之徒，竟敢信口开河胡说八道，给我滚出去！”

随后，国王还令人重打了这个智者一百大板。

国王不甘心，下令找来另一位智者，向他讲述了自己的梦，让其解梦。

这位智者认真听完后，一脸喜气地对国王说：“高贵的陛下，您真有福气呀！这是个吉祥的梦：这意味着您会比您所有的亲人都长寿。”

国王听后大喜，令人奖赏这第二位智者一百个金币。

这位智者走出宫殿时，一位年轻的礼宾官很不理解地问：“真是不可想象！您对梦的解释其实同第一位智者的解释在本质上是一样的，为什么他受到的是重罚，而您得到的却是重奖呢？”

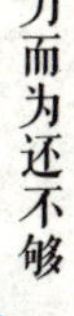

第二位智者没有开门见山地回答，而是先讲了一个简短的寓言故事：“有一位年轻美貌的姑娘，一丝不挂、满身污垢地去见国王。国王看后将她赶了出去，还差一点把她关进监狱。后来，这位姑娘把自己洗得干干净净，如出水芙蓉一般，穿上了漂亮的服装之后又去见国王。国王高兴地接见了她，并将其留在身边，对其言听计从，十分宠爱与信赖。这位姑娘的名字就叫‘真理’。”

接下来，第二位智者又语重心长地说：“不错，真理不一定都是顺耳的，但人们听了赤裸裸的真理往往会觉得刺耳。一方面在任何时候都要坚持讲真话，另一方面在说出真相的时候也要选择适当的方式。真理就像一块宝石，如果手中的真理不慎扔到了听者的脸上，就会造成伤害。反之，如果给真理加上精美的包装之后再诚心诚意地奉献上，听者必定会心悦诚服地接受。”

一言可以兴邦，一言也可以丧邦；一句话可以说得听者笑，一句话也可以说得听者跳。在很多情况下，幸运与厄运，幸福与灾难，战争与和平，往往就是由表达方式决定的。表达方式不适当，可能会引发严重的不良后果。除了听者应该树立言者无罪，闻者足戒，有则改之，无则加勉的胸怀之外，说者也有必要讲究表达的艺术。真理，有时候也需要装饰。

3

第三辑

厄运打不倒信念

面临灾难的蚂蚁

1985年，法国科学家发现蚂蚁能救火。后来，英国一位动物学家的试验证实了法国科学家的发现。

英国科学家把一盘点燃的蚊香放进了一个蚁巢。开始，巢中的蚂蚁惊恐万状，约20秒钟后，许多蚂蚁见险而上，纷纷向火冲去，并喷射出蚁酸。可一只蚂蚁能喷射的蚁酸量毕竟有限，因此，一些“勇士”葬身火海。但它们前仆后继，不到一分钟，终于将火扑灭。存活者立即将“战友”的尸体，移送到附近的一块“墓地”，盖上一层薄土，以示安葬。

一个月后，这位动物学家又把一支点燃的蜡烛放到原来的那个蚁巢进行观察。尽管这次“火灾”更大，但这群蚂蚁却已有了经验，调兵遣将迅速，协同作战有条不紊。不到一分钟，烛火即被扑灭，而蚂蚁无一遇难。科学家认为蚂蚁创造了灭火的奇迹。

蚂蚁面临灭顶之灾的非凡表现，尤其令人震惊。

在野火烧起的时候，为了逃生，众多蚂蚁迅速聚拢，抱成一团，然后像雪球一样飞速滚动，逃离火海。那噼里啪啦的烧焦声，是最外层的蚂蚁用自己的躯体开拓求生之路时的呐喊，是奋不顾身无怨无悔的呐喊。

在去年洪水暴虐的时候，聚在堤坝上的人们凝望着凶猛的波涛。突然，有人惊呼：“看，那是什么？”一个像人头的黑点顺着波浪漂了过来，大家正准备再靠近些时营救。“那是蚁球。”一位老者说：“蚂蚁这东西，很有灵性。1969年发大水，我也见过一个蚁球，有篮球那么大。洪水到来时，蚂蚁迅速抱成团，随波漂流。蚁球外层的蚂蚁，有些会被波浪打落水中。但只要蚁球能靠岸，或能碰到一个大的漂流物，蚂蚁就得救了。”不长时间，蚁球靠岸了，蚁群像靠岸登陆艇上的战士，一层一层地打开，迅速而井然地一排排冲上堤岸。岸边的水中留下了一团不小的蚁球。那是蚁球里层的英勇牺牲者。它们再也爬不上岸了，但它们的尸体仍紧紧地抱在一起。那么平静，那么悲壮，……

中国有句老话：“驼负千斤，蚁负一粒。”讲得是从自身重量来看负重的力量，蚂蚁的力量远远超过骆驼的力量。美国科学家富兰克林说：“没有任何动物比蚂蚁更勤奋，然而它却最沉默寡言。”在了解到蚂蚁面临灾难时的无私和智勇之后，这些原本是对蚂蚁深刻、精彩的赞美，就显得有些暗然失色了。小小的蚂蚁，能给人多少启示？

直面缺憾

英国首相丘吉尔是个敢于直面缺憾的人。

丘吉尔年轻的时候特别害羞，一讲话就脸红，期期艾艾，唯唯诺诺。但当他确定了自己远大的目标和抱负后，便决心彻底改正自己的缺点。于是，他每天对着镜子练习演讲，自演自看，自讲自听；每一个词句、每一个语调、每一个神态，都经过认真思考和反复锤炼，同时在现实生活中不断地磨炼提高。

功夫不负有心人。几年后，丘吉尔大有长进，可以说风度翩翩，语惊四座。他的演讲功力令世人折服，其演讲的措辞、语调和手势，饱含着非凡的勇气和刚毅。特别是在第二次世界大战中的最危难关头，英国军民几乎每天都能从丘吉尔的广播演讲中得到巨大的鼓舞和力量。

美国总统罗斯福也是个敢于直面缺憾的人。

罗斯福在中年的时候做了参议员，在政坛上炙手可热。如日中天的他，却意外地患了小儿麻痹症。开始时，他一点也不能动，必须坐在轮椅上，整天依赖别人把他抬上抬下。在突如其来的打击下他差点心灰意冷，退隐乡园。

后来，他重振精神，直面自己的残疾，坚持一个人不屈不挠地练习自理、自立的能力。

有一天他告诉家人说，他发明了一种上楼梯的方法，并愿意表演给大家看。原来，他是先用手臂的力量，把身体撑起来，挪到台阶上，然后再把腿拖上去，就这样一阶一阶艰难缓慢地爬上楼梯。

他的母亲阻止说："你这样在地上拖来拖去的，给别人看见了多难看。"

罗斯福断然地说："我必须面对自己的耻辱。"

…………

直面缺憾是一种明智。既然缺憾是不以人的主观意志为转移的客观存在，那么直面缺撼就要比掩耳盗铃、自欺欺人高明智慧得多。

直面缺憾是一种勇气。没有勇气，回避缺憾的人就像玻璃；勇气十足，直面缺憾的人就像钢铁。缺憾把没有勇气回避缺憾的人像玻璃一样地粉碎；缺憾又把勇气十足直面缺憾的人像钢铁一样地锤炼。

直面缺憾是一种人人不可避免的正确选择。金无足赤，人无完人。上帝给谁的都不会太多，就是说上帝不会让谁永远没有缺憾；上帝给谁的也绝不会太少，就是说上帝绝不会亏待任何一个敢于直面缺憾自强不息的人。

心态

邻居的一个老妈妈有两个女儿，大女儿嫁给了伞匠，小女儿嫁给了陶匠。

有一天，她去嫁给伞匠的大女儿家，问大女儿近况如何。大女儿说，一切都很顺利，但有一件事要麻烦妈妈，那就是希望妈妈向上帝祷告，祈祷天天能下雨，让雨伞能卖得更好。

不久之后，她又到嫁给陶匠的小女儿家，问小女儿的生活如何。小女儿说，一切都很如意，但有一个心愿要麻烦妈妈，那就是希望妈妈向上帝祷告，祈祷天天阳光普照，让陶器更快地晒干。

老妈妈感到十分为难地说："手心手背都是肉，两个女儿一样疼。大女儿盼望下雨，小女儿盼望晴天，我到底该为谁祈祷才好呢？"

老妈妈的朋友听说了此事，笑着对老妈妈说："你何必在两难的局面里忧愁呢？我们这里的气候四季分明，既不旱又不涝。在下雨的时候，那是上苍正眷顾着大女儿，而出太阳的时候，那是上苍正恩待着小女儿。不管是雨天还是晴天，上苍始终都在轮流而公道地关照着你的两个女儿。"

老妈妈听后，心悦诚服开心地笑了。

有一个朋友乘船到英国，途中遇到暴风，全船的很多人都惊慌失措。他看到一个老太太非常平静地在祷告，神情十分安详。

等到风浪过去，全船脱离了险境，朋友好奇地问老太太："您为什么一点都不害怕？"

老太太回答："我有两个女儿，大女儿叫马安娜，已经被上帝接走，回到天家；二女儿叫马利亚，还住在英国。刚才风浪大作的时候，我就向上帝祷告：如果接我回天家，我就去看大女儿；如果留住我的性命，我就去看二女儿。不管去哪里都一样，都可以同最心爱的女儿在一起，我怎么会害怕呢？"

人生的旅程，碰到绿灯自然是幸运，但不可能总是一路绿灯。如果总是一路绿灯，那岂不是成了单调乏味的人生旅程。不错，有时候眼看就到了绿灯，却无情地偏偏跳出红灯。其实，这也并不是倒霉，我们可以停下来观察、思考与欣赏。上帝很公平，当红灯变成绿灯的时候，我们又可以第一个前行。

悲观的心态，使人灰心丧气；而乐观的心态，使人充满活力。马斯洛说得够精彩："心若改变，你的态度跟着改变；态度改变，你的习惯跟着改变；习惯改变，你的性格跟着改变；性格改变，你的人生跟着改变。"总之，从这个意义上可以说，心态决定人生，心态决定命运。

祸兮福之所倚，福兮祸之所伏。在挫折、不幸、灾难或厄运降临的时候，我们务必保持乐观的心态，而不能被悲观的心态所俘虏。我们常常左右不了外部的世界，但是，我们可以把握住自己的心态。把握住了自己的心态，也就把握住了一个美丽而安宁的精神世界。

林肯驾驭愤怒

一天，陆军部长斯坦顿来到林肯总统那里，气呼呼地对他说，一位少将用侮辱的话指责他偏袒一些人。

林肯总统建议斯坦顿写一封信，无情地回敬那个家伙：“可以狠狠地骂他一顿。”

斯坦顿立刻写了一封措辞尖刻的信，然后拿给林肯总统看。

“对了，对了。”林肯总统高声叫好，“要的就是这个！好好训他一顿，真是写绝了，斯坦顿。”

但是，当斯坦顿把信叠好装进信封里时，林肯总统却叫住他，问道：“你要干什么？”

“寄出去呀。”斯坦顿有些摸不着头脑了。

“不要胡闹。”林肯总统大声说，“这封信不能发，快把它扔到炉子里去。凡是生气时写的信，我都是这么处理的。这封信写得很好，写的时候你已经解了气，现在感觉好多了吧，那么就请你把它烧掉，再写第二封信吧。”

林肯认为人总是有憋气窝火的时候，这种不满情绪堆在心中是有害的，反击回去或发泄给别人，以眼还眼，以牙还牙，都不是上策。持续的愤怒会变成仇恨，持续的仇恨会变成愚蠢。愤怒一旦与愚蠢携手并肩，后悔莫及就会接踵而至。

林肯总统自己也遇到过类似的情况。南北战争接近尾声时，南部的李将军节节败退。林肯总统眼看胜利即将来到，要求部队指挥官米德将军马上乘胜追击；然而，米德将军一直犹豫不决，迟迟没有动作，反而花了许多时间和部属召开军事会议，议而不决。等到他终于要出兵时，敌军早已逃之夭夭，不知去向了。

林肯总统对这种后果极其愤怒，给米德将军写了一封措辞十分严厉的信，表达其心中的强烈不满。信是这样写的：

“亲爱的将军：

我相信你不会对南方将领罗伯特·李平安逃遁这一严重事件无动于衷。他原已在我军铁腕之中，作为我军最近一系列军事努力的结果，这次擒住他本可结束战争，严酷的事实是这场战争还将无可预测地继续下去。因为如果你在上星期一那样的大好时机都未能成功击溃李，又如何能在河南以三分之二的兵力达到这一目的呢？寄此希望是不现实的，我预料你不会有重大战果。大好战机的白白失去，我实在为此痛心疾首。”

米德读了这封信的反应如何？不知道。因为他并没有收到这封信！林肯总统写完信，把它收了起来，没有寄出去。直到他遇刺身亡，人们才在他的档案中发现了这封信。

林肯总统虽因一时气愤，写了这封信，但是他冷静考虑了寄出这封信的后果，最后还是决定把它束之高阁。

愤怒就像一把双刃剑，有时候是勇敢和美德的武器，有时候则是吹灭理智之灯的狂风。勇者愤怒时，抽刃向更强者；怯者愤怒时，抽刃向更弱者。智者愤怒时，讲究斗争艺术；愚者愤怒时，只会一味发泄，甚至伤害无辜。人应该支配愤怒，做愤怒的主人，而不能被愤怒所支配，做愤怒的奴隶。

这也会过去

1954年，巴西的男女老少几乎一致认为巴西足球队一定能荣获世界杯赛的冠军。然而，天有不测风云，足球的魅力就在于难以预测。在半决赛时，巴西队意外地输给了法国队，结果没能将那个金灿灿的奖杯带回巴西。

球员们比任何人都更明白，足球是巴西的国魂。他们懊悔至极，感到无脸去见家乡父老。他们知道球迷们辱骂、嘲笑和扔汽水瓶子是难以避免的。

当飞机进入巴西领空之后，球员们更加心神不安，如坐针毡。可是，当飞机降落在巴西首都机场的时候，映入他们眼帘的却是另一番景象。巴西总统和两万多名球迷默默地站在机场，人群中有两条横幅格外醒目：

“失败了也要昂首挺胸！”

“这也会过去！”

球员们顿时泪流满面。总统和球迷们都没有讲话，默默地目送球员们离开了机场。

球员们对“失败了也要昂首挺胸”的理解是比较透彻的，可相比之下，对“这也会过去”的理解却不够深透……

四年后，巴西足球队不负众望，赢得了世界杯冠军。

回国时，巴西足球队的专机一进入巴西国境，16架喷气式战斗机立即为之护航。当飞机降落在道加勒机场时，聚集在机场上的欢迎者多达3万人。在从机场到首都广场将近20公里的道路两旁，自动聚集起来的人群超过了一百万。这是多么宏大和激动人心的场面！

而人群中此时也有两条横幅格外醒目：

“胜利了更要勇往直前！”

“这也会过去！”

球员们对“胜利了更要勇往直前”很容易理解，对“这也会过去”的理解仍然朦朦胧胧……

后来，巴西足球队的队长断断续续向一些人请教：应该怎样理解“这也会过去”的含义？

真是无巧不成书。队长请教的一位老者微笑着说，这条横幅是他写的。他给队长讲了下面的故事：

古希腊有位国王，拥有至高无上的权势和享用不尽的荣华富贵，但他并不快乐。他可以主宰自己的臣民，但却难以操纵自己的情绪。种种莫名其妙的焦虑和忧郁，不时地让他郁郁寡欢，寝食难安。

于是，他招来当时最负盛名的智者，要求智者找出一句人间最有哲理的箴言。这句箴言不仅要浓缩人生的智慧，而且必须有一语惊人之效：能让人胜不骄，败不馁；得意而不忘形，失意而不失志，始终保持一种积极向上的平常心态。智者答应了国王，条件是国王将佩戴的那枚戒指先交给他。

几天后，智者将戒指还给了国王，并再三劝告：不到万不得已，千万不要摘下戒指上镶嵌的宝石，否则箴言就不灵验了。

没过多久，风云突变，敌国大举入侵。尽管国王率部拼命抵抗，终因寡不敌众，王国沦陷敌手。于是，国王四处逃命。就在走投无路欲投河自尽之时，他想到了戒指。他急切地抠下了上面的宝石，只见宝石里侧镌刻着一句话：“这也会过去。”顿时，国王的心头燃起了希望的火花。

从此，他忍辱负重，卧薪尝胆，积蓄实力，决心东山再起。最终他赶走了入侵之敌，夺回了王国的宝座。

他重新回到王宫所作的第一件事，就是将“这也会过去”这句五字箴言，镌刻在国王的宝座上。

这也会过去。正如孔子所说，逝者如斯夫，不舍昼夜。

这也会过去。正如普希金所说，一切都是暂时的，转瞬即逝。

这也会过去，一切胜败荣辱都将会过去。因此，处逆境时，应该学会坚韧和忍耐；而春风得意时，应该学会感恩与珍惜。

是非审之于己，毁誉听之于人，得失安之于素，成败归之于零。

钢琴上的黑白左右手

人类既是最大的互相残杀之源，也是最大的互相帮助之源。瓜无滚圆，人无十全。红花还得绿叶扶，天底下哪能有不需要帮助的人。

1983 年春天，玛格丽特·帕崔克走进“东南老人疗养中心”，开始了她的物理治疗的疗养生活。

米莉·麦格修是一位细心的中心员工，当她向玛格丽特介绍疗养中心基本情况的时候，注意到玛格丽特盯着钢琴看的那一霎时，流露出异常痛苦的神情。

“怎么了？”米莉关切地问。

“没什么，”玛格丽特柔声说，“只是看到钢琴，勾起了我的许多回忆……”

米莉一边默默聆听眼前这位黑人钢琴演奏家谈起她音乐生涯的辉煌过去，一边不禁为玛格丽特残废的右手深感惋惜。

“你在这里稍等一下，我马上就回来。”米莉突然有所醒悟地说。

过了一会儿，她回来了，身后紧跟着一位娇小、白发、戴着厚重眼镜的白人妇女。

“这位是玛格丽特·帕崔克。”米莉帮她们互相介绍，“这位是露丝·艾因柏格，也曾是优秀的钢琴演奏家，但现在跟你一样，自从中风后，就没办法弹了。艾因柏格太太有健全的右手，而玛格丽特太太有健全的左手，我有种预感，只要你们默契合作，一定可以弹奏出极其优美的作品。”

“你熟悉肖邦降D调的华尔兹吗？”露丝客气地问。

玛格丽特点点头：“非常高兴能认识您，我们的确可以试一试。”

于是，两人并肩坐在钢琴前的长椅上。键盘出现两只健全的手：一只是黑色的手指，另一只是白色的手指。这黑白左右两只手，流畅、协调且很有节奏感地在键盘上跳动。

从那天起，她们经常一起坐在钢琴前——玛格丽特残废的右手搂住露丝背部，露丝残废的左手搁在玛格丽特膝上。露丝用健全的右手弹主弦律，玛格丽特用灵活的左手弹伴奏曲。

她们同坐在钢琴长椅前，共享的东西不只是音乐，除萧邦、贝多芬和施特劳斯的音乐外，她们发现彼此的共通点比想象的要多得多——两人在丈夫去世后都过着单身的生活，两人都是很好的祖母，两人都失去了儿子，两人都有一颗奉献的心。但若失去了对方，她们独自演奏钢琴是根本不可能的。

露丝听见玛格丽特自言自语地说：“我被剥夺了演奏钢琴的能力，但上帝给了我露丝。”

露丝诚恳地对玛格丽特说：“这五年来，你也深深地影响、温暖了我，是上帝的奇迹将我们结合在一起。”

随着时间的推移，她们的演奏越来越完美，在电视上、在教堂里、在学校中、在老人之家、在康复中心，频频露面，备受欢迎，甚至可以说是超过了辉煌的过去。因为她们不仅使听众、观众感受到音乐的快乐，更使听众、观众感受到爱的力量。

当灾难降临的时候，一个人的力量往往是如此的渺小，一筹莫展，束手无策。学学玛格丽特和露丝吧，她们的故事让我们懂得了：爱能使我们相互扶持，爱能使得我们创造奇迹！

假如不挺身而出

19世纪，在英国的名门公立学校——哈罗学校，常常会出现以强凌弱、以大欺小的不良现象。

有一天，一个膀大腰圆的高个子男生，拦住了一个矮半头的新生，颐指气使、蛮不讲理地命令他替自己擦鞋。新生初来乍到，不明白其中“原委”，断然拒绝其无理要求。高个子男生恼羞成怒，一把揪住新生的头发，劈头盖脸地打了起来，嘴里还骂骂咧咧：“你这小子，为了让你学聪明点，我得先用拳头好好开导开导你！”新生很有骨气，尽管痛得龇牙咧嘴，却并不肯乞怜告饶。

那些旁观的学生或者起哄嬉笑，或者冷眼相看，或者抱多一事不如少一事的态度，一走了之。只有一个外表文弱刚刚入学的男生，看着这恃强凌弱的一幕，渐渐涌出了同情的泪水，忍不住愤怒地吼了起来：“你到底还要打他几下才肯罢休？！”

高个子男生朝那个又尖又细的抗议声音望去，原来是个身单力薄的新生，就恶狠狠地骂道：“你这个不知天高地厚的家伙，真是狗拿耗子多管闲事！”

那个新生向前走了几步，用含泪的眼睛死死地盯着他，毫不畏惧地回答：“不管你还要打几下，让我替他忍受一半的拳头吧！”

高个子男生看到他的眼泪，听到这出人意料的回答，不禁愣住了，羞愧地停住了手……

愤怒出诗人。第二天，那个身单力薄的新生将自己连夜赶写的一首小诗，署名“无畏者”，贴在了学校的《文学创作园地》上：

“假如有人用暴力欺凌新生，
我们不挺身而出，
因为我们不是新生；
假如有人用暴力欺凌女人，
我们不挺身而出，
因为我们不是女人；
假如有人用暴力欺凌老人，
我们不挺身而出，
因为我们不是老人；
假如有人用暴力欺凌弱小，
我们不挺身而出，
因为我们不是弱小；
假如有人用暴力奔我们而来，
到了那个时候，
还会有人为我们挺身而出吗？！”

这首题为《假如不挺身而出》的小诗，在校园里引起了强烈的反响和共鸣。从那以后，学校里反抗暴力、主持正义的呼声越来越高，帮助弱者的行为也日益增多，见义勇为逐渐蔚成风气。

患难识朋友。两个新生在爱与善，在正义与勇敢的基础上，结下了深厚的友谊，成了莫逆之交，奋力拼搏在出类拔萃的道路上。

当时那位被殴打的不屈少年，就是日后英国颇负盛名的大政治家——罗伯特比尔；那位挺身而出、愿为陌生弱者分担痛苦的无畏少年，就是日后扬名世界的大诗人——拜伦。

烦恼多是自找的

有一个心理学家，为了研究人们常常忧虑的“烦恼”问题，做了下面这个很有意思的实验。

心理学家要求实验者在一个周日的晚上，把自己未来 7 天内所有忧虑的“烦恼”都写下来，然后投入一个指定的“烦恼箱”里。

过了三周后，心理学家打开了这个“烦恼箱”，让所有实验者逐一核对自己写下的每项“烦恼”。结果发现其中九成的“烦恼”并未真正发生。

然后，心理学家要求实验者将记录自己“烦恼”的字条重新投入了“烦恼箱”。

又过了三周之后，心理学家又打开了这个“烦恼箱”，让所有实验者再一次逐一核对自己写下的每项“烦恼”。结果发现绝大多数的“烦恼”已经不再是“烦恼”了。

实验者切身地感到烦恼这东西原来是预想的很多，出现的很少。

心理学家从对“烦恼”的深入研究中得出了这样的统计数据和结论：一般人所忧虑的“烦恼”，有 40% 是属于过去的，有 50% 是属于未来的，只有 10% 是属于现在的。其中 92% 的“烦恼”从

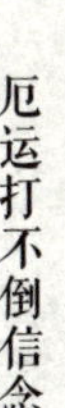

未发生过，剩下的 8% 则多是可以轻易应付的。因此，烦恼多是自己找来的。这就是所谓的烦恼不寻人，人自寻烦恼。

心理学家将对“烦恼”的研究，介绍给了自己所带的十几个研究生。一些研究生向心理学家请教:“能不能用身边的事例对‘烦恼多是自己找来的’结论给予具体的说明？”

心理学家笑而不语，从房间里拿出了 20 多个水杯摆在茶几上。这些杯子各式各样，档次不同，有玻璃的、有塑料的、有瓷的、有纸的；有的杯子看起来高贵典雅，有的杯子看起来粗陋低廉……

心理学家说:“都是我的学生，我就不把你们当客人看待了。你们要是渴了，就自己倒水喝吧。”

正值天气闷热，大家口干舌燥，便纷纷拿了自己中意的杯子倒水喝。

等学生们杯子里都倒满水时，心理学家讲话了。他指着茶几上剩下的杯子说:“大家有没有发现，你们挑选去的杯子都是比较好看、比较别致的，像这些塑料杯和纸杯，被选用的就少得多。这也是人之常情，谁都希望手里拿着的是一只好看一些的杯子。但是，我们需要的主要是水，而不是水杯。杯子的好坏，并不影响水的质量。想一想，如果我们有意无意地把心思用在选好的杯子上，用在鸡毛蒜皮的琐事上，甚至用在互相攀比上，自然就难免自寻烦恼。这就是野花不种年年开，烦恼无根日日生。”

不错，世界就像一面镜子，你对它笑，它就对你笑；你对它哭，它就对你哭。人的生命太短促，太宝贵了，千万不要去自寻烦恼。

做一个好的失败者

1968年8月14日，美国黑人女性的杰出代表、好莱坞当前最红的女明星之一哈莉·贝瑞，出生于俄亥俄州克利夫兰。这位“黑珍珠”集美丽、智慧和坚韧于一身，从17岁开始，就接连不断地荣获令人羡慕的殊荣与奖励。

1985年，她代表俄亥俄州参加全美20岁以下小姐竞选，获“全美青少年小姐”称号。

1986年，她参加美国小姐选美竞选，获“美国小姐”“俄亥俄小姐”称号。

1986年，她参加世界小姐服装竞赛，获第一名。

1999年，她因《红颜血泪》获金球奖、艾美奖的电视影片类最佳女主角奖。

1999年，她因《红颜血泪》获银屏演员协会最佳女演员奖。

这位好莱坞最有成就的黑人美女，多年来一直保持着参选美国小姐时的美丽容颜。她的身材被称为“最佳曲线形体”，她七次入选美国《人物》杂志评选的“50个最美丽的人”。

2001年，美国西部时间3月24日下午5点30分，第74届奥斯卡金像奖颁奖典礼在洛杉矶的柯达剧院隆重举行。此刻，在奥斯卡颁奖的历史上翻开了崭新的一页，傲慢的奥斯卡终于被黑人演员的成就所征服，一扇向黑人女演员关闭了74年之久的奖励大门敞开了。哈莉·贝瑞凭借在电影《怪物午宴》中的精彩表演，获得了奥斯卡“最佳女主角”奖，成为奥斯卡历史上的第一个黑人影后。她手捧奥斯卡小金人，兴奋地高高举起。

但是，即使是命运的宠儿，也不可能永远一帆风顺。2005年2月26日晚，命运同哈莉·贝瑞开了一个天大的玩笑，将她从人生的巅峰抛进了人生的谷底。在第25届金酸莓“最差”奖颁奖仪式上，她主演的《猫女》被评为“最差影片”，她也被评为“最差女主角”。她走上了领奖台，用曾经接过奥斯卡最佳女主角奖杯的那双手，接过了金酸莓“最差女主角”的奖杯，成为第一位亲手接过此奖杯的好莱坞女影星。

金酸莓电影奖设立于1981年，跟奥斯卡奖评选“最佳”相反，专门评选“最差”影片、“最差”导演和“最差”演员等奖项，并且举行颁奖仪式，颁发奖杯。对于这个带有恶作剧意味的颁奖，好莱坞的明星大腕们从不正眼相看，也从来没有一个当红的女明星参加过这个颁奖仪式，更没一个当红的女明星有勇气亲手接过授予自己的“最差女主角”奖杯。

哈莉·贝瑞在人生的巅峰时没有忘乎所以，认为自己是绝对的成功；在人生的谷底时也没有一蹶不振，认为自己是绝对的失败。她难能可贵地认为，在人生旅途的地平线上，成功与失败同样都是崭新的开始。

她在发表获奖感言时说：“我的上帝！我这辈子从来没有想过我会来到这里，赢得‘最差’奖，这不是我曾经立志要实现的理想。但我仍然要感谢你们，我会将你们给我的批评当作一笔最珍贵的财富。”

她最后对大家说：“请相信，我不会停下来，我今后会带给大家更精彩的表演。”

听到这些话，人们给了她一阵又一阵热烈的掌声。

颁奖过后，记者围住了哈莉·贝瑞。有的问："您为什么不怕丢丑前来领奖？"

她说："我认为，作为一个演员，不能只听他人的溢美之辞，而拒绝接受别人对自己的批评和指责。既然我能参加奥斯卡颁奖典礼并接过小金人，那么我也就应该有勇气去拿金酸莓的奖杯。"

有的问："您将如何保存这个奖杯？"

她举起手中的"最差"女主角奖杯说："我要将它放在厨房里，我每天都会面对它。它很有分量，就是全世界的赞扬和恭维像飓风一样袭来的时候，只要看它一眼，我就不会被吹到云彩上面去。在许多人都赞扬和恭维的时候，批评和指责的声音是最珍贵的，因为它使人清醒，让人不会头脑发热到自己找不到自己。我一直将批评和指责当作最珍贵的财富。"

当有人请她留言签名的时候，她写下了小时候妈妈千叮咛万嘱咐的一句话：

"如果不能做一个好的失败者，也就不能做一个好的成功者。"

缺点的魅力

英国的一位心理学家曾做过下面的求职实验。

他以约翰和杰克为化名，分别为他们制作了求职用的履历表和推荐函。两份履历表的年龄、学历等内容完全一样，只是推荐函的内容有一点小小的区别：约翰的推荐函几乎是完美无缺的，而在杰克的推荐函中多了一句话："有时候，杰克可能会固执己见。"

然后，心理学家将约翰和杰克的履历表和推荐函寄给了 50 家大公司，请求找工作。也就是说，50 家大公司都同时收到了他俩的求职材料。

结果，准备录用杰克的公司比录用约翰的公司要多得多。

为什么录用结果会出现这样的差别呢？心理学家通过进一步的调查研究，终于找到了其中的原因：求职材料的各大公司普遍认为，推荐函中有一句缺点的杰克，比完美无缺的约翰，让人感到更加可信。

心理学家通过求职实验，得出了这样的结论：

完美的人或物，让人感到可爱；有缺点的人或物，让人感到可信。当一个人或物基本是完美的，但稍有缺点，就会让人感到既可爱，又可信。

4

第四辑

思考是勤奋的眼睛

嗅苹果和尝尿

学生们向苏格拉底请教：“怎样才能坚持真理？”

笑容可掬的苏格拉底让大家坐下来，随后取出一个苹果。他用手指捏着，慢慢地从每个同学的座位旁边走过，一边走一边说：“请同学们集中精力，注意嗅一嗅空气中的气味。”

然后，他回到讲台上，把苹果举起来左右晃了晃，问：“哪位同学闻到了苹果的气味儿？”

有一位同学举手回答：“我闻到了，是香味！”

苏格拉底再次走下讲台，举着苹果，慢慢地从每一个学生的座位旁边走过，边走边叮嘱：“请同学务必集中精力，仔细嗅一嗅空气中的气味。”

稍停，苏格拉底第三次从讲台走到学生们中间，让每一个学生再嗅一嗅苹果的气味。

经过三次“嗅一嗅”之后，除一个学生外，其他学生都举起了手，都说闻到了苹果的香味。

那位没举手的学生环顾周围看了看，觉得一定是自己错了，于是也随波逐流地赶紧举起了手。

苏格拉底脸上的笑容不见了。他举起苹果缓缓地说：“非常遗憾，这是一枚假苹果，什么味儿也没有。”

只有坚持真实，才能坚持真理。当你决定放弃真实，而去迎合他人选择的目标或结论，真理便已离你远去。就如苏格拉底手中的苹果，那是一种虚幻的气味，却使得人们纷纷忘掉了真实，结果也只能是受到愚弄罢了。

还有一个尝尿的故事，可以说与嗅苹果的故事有异曲同工之妙。

在某高等学府的化学实验室里，导师正在给三位博士研究生上课。

导师微笑着举起试管，对三位博士生说：“诸位，这个试管里装的是尿，是人尿。科学的探索需要一种勇敢无畏的精神。诸位，请看我品尝尿液，然后请照我的样子去做。”

三位博士生确实看到了导师尝尿。从三位博士生的表情可以看出，真是有苦难言。

试管在三位博士生的手中传递，品尝，品尝，再品尝。最后，试管传回导师的手中。

导师举起试管，严肃地说：“诸位很勇敢，精神的确可嘉。但是我要指出的是，科学探索一要勇敢，二要反对盲从。眼睛是思想的窗户，而不是……刚才诸位忽略了本人品尝中的一个重要细节。本人是将中指伸入试管，而放入嘴中品尝的却是食指。”

只有坚持真实，才能坚持真理。“一定要用好你的眼睛，用心观察，不要盲从。如果能从那些被忽略的细节中发现了学问，那么你就可能成为一个智者。请学会用自己的眼睛审视你周围的一切吧！”

埃德加·富尔写了一本在全球很有影响力的畅销书，名为《学会生存》，是联合国科教文组织出版的。他在书中精辟地指出：“未来的文盲，不再是不识字的人，而是没有学会怎样学习的人。”这大概也就是说，掌握寻求真理的能力比仅仅能记住真理的结论要重要百倍，就像善于“找饭吃”比仅仅会“等饭吃”要重要百倍。

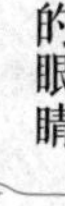

“月寿石”与一斤米

那天，全国奇石巡回展览到了大连。我同单位的许多人都去了，其中的一块奇石格外引人注目。这块鬼斧神工的石头是圆形，白色，简直像中秋皎洁的明月，更不可思议的是明月中间竟有一个行书的“寿”字！其颜色同纯正的墨色一样，字迹清晰苍劲。这神奇的造化之功，实在是令人惊叹称绝！

我问解说员：“这块奇石是怎么发现的？”

解说员说：“是一位禅师捐献的，起名为‘月寿石’。”接着，她绘声绘色地讲了下面这段美妙的往事：

捐献“月寿石”的这位禅师很有学问，很有名气，经常有人向他求教。一天，有一位青年问这位禅师：“大师，同我一起获得了博士学位的同学，主观上的各种条件都比较接近，可走向社会之后才短短几年，大家的工作和待遇的差别已经拉得很大了。这是为什么？怎样才能使自己的人生价值得到最大化的实现呢？”

禅师为了启发这个年轻人，便把这块“月寿石”交给他，让他去蔬菜市场，试着卖掉它，并特别叮嘱道：“不要真的卖掉它，只是试着卖掉它。注意观察，多问一些人，然后告诉我在蔬菜市场它能卖多少钱就行了。”

年轻人到蔬菜市场去了。许多人认为它只值几十块钱。年轻人回来后说：“它最多只能卖到几十块钱。”

禅师说：“明天你去黄金市场，问问那里的人。但也不要真的卖掉它，只是问问价钱。”

年轻人从黄金市场回来后，高兴地说：“他们乐意出3000块钱。”

禅师说：“你有时间再去珠宝商那里问问价钱，但还是不要卖掉它。”

年轻人去了，他简直不敢相信自己的耳朵，珠宝商开口居然乐意出5万块钱。年轻人故意抬高价格，珠宝商们出到10万。年轻人坚持不卖，珠宝商们着急地说：“我们出20万、30万，或者你要多少就给多少，只要你卖！”

年轻人说：“我不卖，只是先问问价钱，待主人同意后再说。”

回来后，禅师拿着“月寿石”说：“我根本就不打算卖掉它，只是想让你明白：同样的一块‘月寿石’，在不同的地方就有不同的价值；你给自己定位在哪里，你的价值就在哪里。关键是善于经营自己的长处。”

年轻人听后心领神会，豁然开朗，发自内心地笑了。

为了让更多的人能欣赏到这块神奇的“月寿石”，从对这块“月寿石”的欣赏中得到多种多样的启示，禅师将这块“月寿石”捐献给了国家。

真是一个让人浮想联翩的故事。在从奇石展览馆回家的路上，想起了以前在刊物上读过的一篇短文。

有一位青年向一位禅师求教：“大师，有人赞我是天才，将来必有一番作为；也有人骂我是笨蛋，一辈子不会有多大出息。依您看呢？”

“你是如何看待自己的？”禅师反问。

这位青年摇摇头，一脸茫然。

“譬如同样一斤米，用不同眼光去看，它的价值也就迥然不同。在炊妇眼中，它只不过能做三五碗米饭而已；在农民看来，它最多值1元多钱罢了；在卖粽子的眼中，包扎成粽子后，它可卖出3元钱；在制饼干者看来，被加工成饼干，它可卖5元钱；在味精厂家眼中，提炼出味精，它可卖8元钱；在制酒商看来，酿成酒，勾兑后，它可卖40元钱。不过，一斤米终归还是那一斤米。”

禅师顿了顿，接着说：“同样一个人，有人将你抬得很高，有人把你贬得很低，其实，你就是你。你究竟有多大出息，究竟有多少价值，归根结底取决于你自己。”

这位青年茅塞顿开。从根本上说，一个人的真正价值，并不在于外界怎么估价，而在于自己能否开发自己的价值，能否提高自己的价值，能否使自己的价值不断升值。

一切生命都是伟大和高贵的，都具有非凡的价值。但是，一个人没有被开发出来的潜在价值，没有被市场所认可的潜在价值，就好比是深深埋在地下的黄金，并不是实现了的价值。人生的价值主要不决定于客观，而决定于主观，决定于经营得好坏，决定于开发得好坏。

思路就是出路

有一家银行，要求广告公司做出一个与众不同、别具匠心的大型旅行支票的广告。广告公司主管的压力很大，他召集同事说：“这次旅行支票的广告，上面很重视，要求我们必须拿出不同凡响的东西来。我打个比方好了，这个旅行支票广告一面世，就要像影星麦当娜上街一样地引人注目。”

广告部的同事听后，各个感到担子很重，因为要找到如此吸引人的好创意谈何容易？

大家加班加点，绞尽脑汁，可是想出来的点子远远不能令人满意。

一天中午，几位同事一起出去吃完午餐后，四处闲逛，看看能不能找着什么灵感。

忽然，大家看到前方一片骚乱，于是也都跑上前去看看发生了什么事情。原来是警察抓住了一个扒手，不少行人都围拢过来看热闹，甚至不少远去的行人也频频回头。

“对啊！这不就跟麦当娜上街一样地引人注目吗？”一位同事突然情不自禁地喊出声来。

大家眼睛一亮，一边听着这位同事妙手偶得地谈着他的创意，一边快步走回办公室。

过了些日子，为这家银行推出了一个不但在报纸杂志上刊登，而且在车站等公共场所也广泛粘贴的满意广告：

图：一个扒手正将手伸入游客的口袋。

文：你将亲眼目睹一宗罪行。

黑体字：使用我们的旅行支票可以预防这种罪行。

这张广告家喻户晓，深入人心，为旅行支票的广泛使用起到了鸣锣开道的作用。广告公司主管要求的“麦当娜效应”实现了！

无独有偶。纽约有位年轻人叫摩斯，在纽约市的一个热闹地区租了一家店铺，满怀希望地择了个吉日开始做起保险柜的买卖。然而，生意惨淡，虽然店里形形色色的保险柜排得整整齐齐，每天有成千上万的人从他的店前走来走去，但是却很少有客人光顾。

看着店前川流不息的人群，摩斯思来想去，终于想出一个走出困境的办法。

第二天，他匆匆忙忙前往警察局借来正被通缉的重大罪犯的照片，并把照片放大好几倍，然后把他们贴在店铺的玻璃上，照片下面附上一张缉拿罪犯的说明。

照片贴出来后，来来去去的行人都被照片吸引，纷纷驻足观看。人们看到了逃犯的照片，产生了一种恐惧心理，本来不想买保险柜的人，此时也想买一台。因此，摩斯的生意很快出现了明显的转机，滞销变成了热销。就这样，山穷水尽疑无路，柳暗花明又一村。保险柜头一个月卖出 48 台，第二个月卖出 72 台，以后每月都能稳定地卖出七八十台左右。

不仅如此，因为他贴出了案犯的照片，使警察局得到了价值非凡的线索，顺利地缉拿到了案犯。因此，摩斯还荣幸地领到了警察局的表彰奖状，报纸也做了大量的报道。他也毫不客气地把表彰奖状连同报纸一并贴在玻璃窗上，可谓锦上添花，生意更加红火。

天底下的事情没有绝路，只有出路。好的思路，就是好的出路。

思考是勤奋的眼睛

有个年轻的伐木工人，在一家木材厂找到了工作，工作条件挺好，报酬也不低。老板给他一把利斧，并给他划定了伐木范围。他很珍惜，下决心要好好干。

第一天，他砍了 18 棵树。老板高兴地说："不错，就这么干！"工人很受鼓舞。

第二天，他干得更加起劲，但是只砍了 15 棵树。

第三天，他加倍努力竭尽全力，可是仅砍了 10 棵树。

工人觉得很惭愧，跑到老板那儿道歉，说自己也不知道怎么了，好像力气越来越小了。

老板问他："你上一次磨斧子是什么时候？"

"磨斧子？"年轻工人悔悟地说："我天天忙着砍树，竟忘记了抽出时间磨斧子！"

伐木需要磨斧子，工作需要什么呢？

有一天深夜，著名的现代原子物理学的奠基者卢瑟福教授走进自己的实验室，看见一个研究生仍勤奋地在实验台前工作。

卢瑟福关心地问道："这么晚了，你在做什么？"

研究生答："我在工作。"

“那你白天做什么了？”

“我也在工作。”

“那么，你整天都在工作吗？”

“是的，导师。”研究生带着谦恭的表情承认了，似乎还期待着卢瑟福的赞许。

卢瑟福稍稍想了一下，然后说道：“你很勤奋，整天都在工作，这自然是很难得的，可我不能不提醒你，你用什么时间来思考呢？”

卢瑟福对勤奋的质疑，使研究生明白了用足够的时间来思考的重要。

有位记者曾问年轻的“微软”公司总裁比尔·盖茨：“你成为当今全美首富，个人资产高达550亿美元，成功的主要经验是什么？”

比尔·盖茨十分明确地回答说：“一是勤奋工作，二是刻苦思考。”

行成于思，毁于随。思考是智慧之花开放的前夜。一次深思熟虑，胜过百次草率行动；一天思考周到，胜过百天徒劳。一个善于思考的人，才是力大无边的人。爱因斯坦说得好：“要善于思考、思考、再思考，我就是靠这个学习方法成为科学家的。”

刻苦思考可以避免勤奋工作的盲目性，勤奋工作离不开刻苦思考。刻苦思考是勤奋工作的眼睛，就像理论是实践的眼睛一样。

沉默有时是智慧

从科学发明的工作需要出发，爱迪生打算尽快建造一个实验室。因为手头没有足够的资金，他决定卖掉自动发报机及其技术专利。由于他对于市场行情不甚了了，不知道究竟开价多少合适，加上有资格出卖技术专利的人毕竟寥寥无几，便只好和妻子米娜商量。

其实，米娜也和丈夫一样心中无数，不知道这项发明究竟值多少钱。她想到出卖专利的目的是建造实验室，就拿出了最大的勇气说："就要 2 万美元吧。你掂量掂量，建造一个实验室的花销，大概不会少于 2 万美元。"

妻子开出的价码，远远超出爱迪生的想象。他展颜一笑说："2 万美元，太多了吧？"

米娜见丈夫有些异议，觉得有必要打消他的顾虑，就讲了下面这个不久前才听说的故事：

新泽西州一家印刷厂要处理一部旧印刷机，老板的最高期望值是卖到 25 万美元。恰巧另一家公司有意购买这部机器。在双方谈判的关键时刻，卖方老板的要价已经到了嘴边，又机灵地收了回去。他想："别着急，不如先探探对方的口风。"

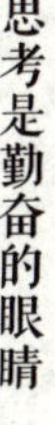

就在双方僵持的时刻，买方打破沉闷的气氛，说这部机器有些陈旧，并指出它的毛病所在。买方见卖方没有辩解，便主动露出底牌说："我们公司只能出35万美元买下这部机器，多1分钱也不行！"就这样，卖方的老板在关键时刻管住了自己的嘴，靠沉默多赚了10万美元。

米娜讲完后，鼓励他说："我看能行。要不然，到时候探探买方的口气，让他先开个价再作定夺。"

很快，一位消息灵通的商人听说大发明家爱迪生有意出售自动发报机，并转让这项发明的制造技术专利。他认定这笔生意有利可图，就主动找上门来洽谈。

听完爱迪生的介绍，商人顺其自然地问到价钱。由于爱迪生仍觉得事先和妻子商定的2万元要价太高，竟不好意思说出口，只好沉默不语。

那位商人几次追问，爱迪生都没有吭声，只是期盼着妻子快些下班回来，好让她代替自己做出答复。没想到没等米娜露面，那位商人已经按捺不住自己的迫切，迫不及待地摊牌说："那我就先开个价吧，10万美元你看怎么样？"

这个价码是自己最高要价的5倍！爱迪生大喜过望，极力掩饰着内心的兴奋，当即就和那位商人拍板成交。

事后，颇有感触的爱迪生对米娜说："没想到，只沉默了一会儿，就多赚了8万美元。"

米娜兴奋地说："沉默是一种伟大的谈话艺术。知道什么时候该说话，什么时候该沉默，是一件大事。虽然沉默不等于智慧，但是当说话愚蠢时，沉默就是智慧。"

真理是怀疑的影子

这是一件真实而又引人深思的小事。

不久前，一位法国教育心理学专家给法国的小学生和上海的小学生先后出了下面这道完全一样的测试题：

一艘船上有86头牛，34只羊，问：这艘船的船长年纪有多大？

法国小学生的回答情况是：超过90%的同学提出了异议，认为这道测试题根本没办法回答，甚至嘲笑老师的“糊涂”。显而易见，这些学生的回答是对的。

上海小学生的回答情况恰恰相反：有90%的同学认真地做出了答案，86-34=52岁。只有10%的同学认为此题非常荒谬，无法解答。做出正确回答的同学竟然只有10%！

这位法国教育心理学专家很惊讶，两国的小学生为什么会出现这么大的差别呢？他通过对上海这90%小学生的调查后发现，他们之所以做出错误的答案，是因为他们坚信不移地认为：“老师平时教育我们，只有对问题做出回答，才可能得分；不做的话，就连一分也得不到。老师出的题总是对的，总是有标准答案的，不可能没办法做，也不可能没有答案。”

法国教育心理学专家在总结这两次实验的时候，引用了下面的几句话：

第一句话是笛卡儿说的："怀疑就是方法。"

第二句话是法拉第说的："在学术上不盲从大师，他应当重事不重人，真理应当是他的首要目标。"

第三句话是爱因斯坦说的："科学发现的过程是一个由好奇、疑虑开始的飞跃。"

然后，他颇有感触地讲道："应当教育孩子敬重老师，但更要教育孩子敬重真理。怀疑并不是缺点，总是没完没了的怀疑才是缺点。只有敢于怀疑，才能减少盲从。有怀疑的地方才有真理，真理是怀疑的影子。"

倾听时要保持清醒

美国《独立宣言》的起草人杰斐逊，对这部苦费心血的作品感到格外满意和自豪。实事求是地说，《独立宣言》也确是称得上一鸣惊人之作。但是出乎他的意料，当议会在听取委员会报告之后提出了不少删改意见，这使他感到心烦意乱。

这时，本杰明·富兰克林为了安慰他，讲了下面这个故事：

在我原来做印刷短工时，有一个伙伴是制帽学徒。满师以后，他准备自开一家小店，第一件事便是要制作一个漂亮的招牌，写上合适的广告词。他拟了这样的话："制帽商约翰·汤普森，制造并收现钱出售帽子。"下面画了一顶帽子。

他征求朋友们的意见，以便修改完善。

第一位朋友看了以后说，"制帽商"与后面的"制造"重复。于是，将"制帽商"删去。

第二位朋友说，"制造"一词也可以去掉，因为顾客并不关心帽子是谁做的，只要帽子合适，质量好，他们就买，而不论是谁做的。因此，又将"制造"二字删去。

第三位朋友说，"现钱"二字毫无意义，因为当地并无赊卖的习俗，这两个字又被删除了。这样，就只剩下"约翰·汤普森出售帽子”。

“出售帽子！”又一位朋友说，“并没有人认为你会白给呀！这‘出售’二字有何意义？”“出售”二字也被删掉了。

最后，干脆把“帽子”二字也枪毙掉，因为牌子上已经画了一顶帽子，何必画蛇添足呢？结果，招牌只剩“约翰·汤普森”几个字，底下画着一顶帽子。

富兰克林用这段幽默的故事告诉杰斐逊，对一则小小帽子的招牌都可做出如此之多的删改，对一个事关国家前途与命运的《独立宣言》进行反复删改，完全是合情合理的精益求精之事。

听完富兰克林的故事，杰斐逊豁然开朗，心情舒畅。他既坚持了自己的正确主张，又愉快地采纳了大家的合理建议，进一步修改完善了《独立宣言》，使之成为人类文明史上极其珍贵的一份遗产。

历史与现实的某些过程往往有相似之处，但过程相似并不意味着结果相同。

前些天，有一个人开了一个海鲜店，在海鲜店的门前挂起了一块招牌“本店专卖新鲜海鲜”。

有一位顾客看了之后对老板说：“把‘新鲜’两个字去掉比较好。因为很明显。没有人会买不新鲜的海鲜。”

老板想了想，觉得有道理。于是，招牌就改成了“本店专卖海鲜”。

几天后，又有一位顾客认为“本店”两个字多余，老板又听从了他的意见；接着又有人说“海鲜”两个字没有必要，因为老远就闻到海鲜特有的气味了，老板又采纳了他的建议。

不怕开始众说纷纭，只怕最后莫衷一是。结果，招牌上只剩下了毫无意义的“专卖”两个字，许多顾客都到别的海鲜店去了。

有摩擦才有磨合，有争论才有高论，任何不同意见都是极其宝贵的。关键是在虚心倾听每一种不同意见的同时，要保持清醒的判断，择其善者而从之，择其不善者而弃之。

科学创新需要的心灵

在人类科学创新的道路上，有一个引人注目的现象：一些半路出家的勇敢者闯入一个多年徘徊不前的科学领域，竟然给这个领域带来了新的突破性的惊喜。用美国著名创新学专家奥斯本的话来说：“历史证明，许多伟大的思想都是由那些对有关问题没有进行过专门研究的人所创造出来的。”

请看：

在试管中培养小儿麻痹症病毒的简便方法，是由房地产经纪人恩德发现的。

钟摆原理是当时还是个医生的伽利略发现的。

天王星是教会风琴师威廉·赫舍尔发现的。

轧棉机是小学教师惠特尼发明的。

电报是肖像画家莫尔斯发明的。

蒸汽船是艺术家富尔顿发明的。

摄影是一位律师发明的。

彩色摄影是一位钢琴家发明的。

一种新式的炮弹探测仪是由纽约一家运输公司的职员发明的，而他没有受过这方面的专门教育。珍珠港事件以后，这一发明挽救了许多人的生命。

2000 年 1 月 12 日,《世界科技译报》登载了英国生物学家兼播音员福特在一档高收视率的节目中说过的话:“不管是发现相对论还是发明彩色摄影，不管是发现天王星还是发明帮助哮喘病人的旋转呼吸器，全部来自于思想不受科学研究机构欢迎的业余人士。”

在人类科学创新的道路上还有一个引人注目的现象：缺乏经验的年轻人比经验丰富的老年人更有开拓创新的活力。

我国著名科学家赵红洲，曾对 1500—1960 年全世界 1249 名杰出科学家和 1228 项重大科研成果做了统计，结果发现发明创造的最佳年龄是 25 ～ 45 岁。牛顿、爱因斯坦都是在 26 岁时做出了人类历史上的重大贡献。

也有人统计了 301 位诺贝尔奖获得者，其中大约 40% 的人是在 35 ～ 45 岁获奖的，而且绝大多数获奖者的科研成果是在获奖前 4 ～ 10 年完成的。

也许我们不能用事实罗列的简单办法来证明科学发现与发明的重要规律，但至少可以从中清楚地看到发明创造的能力并不完全与经验的多寡成正比。对于创造性思维而言，积累丰富的经验是重要和必需的，但过多地依赖经验却是有害无益的。正如柏拉图所说:“经验使人失去的东西往往超过给人带来的东西。”

半路出家的勇敢者和年轻人之所以更容易搞出重大突破性的创新成果其原因一定非常复杂，但其中有一个重要原因是显而易见的：他们很少受传统经验的束缚和干扰，更少保守思想，因而更适合推陈出新，独树一帜。

生物学家福特在剑桥研究应用会上演讲时说:“几乎所有领导科学潮流的重要发明，均来自于有天分而自由的心灵。事实上，在我所涉及的每一个范畴里面，做出重要贡献的几乎都是来自独立而不拘泥传统的人。”

科学创新需要善于驾驭经验，并敢于突破经验的自由心灵。

细心

150 年前的一个圣诞节，一位英国男孩到商店选中了一双“深蓝色”的袜子，将其作为礼物高高兴兴地送给了母亲。

可是母亲接过礼物后不满意地说：“孩子，你太不懂事了，难道你不知道我们的信仰是禁忌这种红色吗？”

“我买的明明是深蓝色的袜子！怎么会是红色的呢？!”小男孩奇怪地问。

小男孩找来哥哥做裁判，可哥哥也说袜子是深蓝色的。

母亲见小男孩更加不服气，就让他去问邻居。结果邻居们异口同声，都说袜子是红色的。

这件事引起了小男孩的深思：为什么母亲和邻居都说袜子是红色的，而我和哥哥却认准是深蓝色的呢？他得出推论：很可能是自己和哥哥的眼睛有毛病——对颜色的辨别有问题。小男孩进一步推想，还有没有其他人的眼睛也有同样的毛病呢？

男孩长大以后，经过调查和研究，写出了《论色盲》的科学论文，第一个提出了色盲问题。这个因研究眼疾而成名的小男孩，就是对气象、物理和化学三科都做出不少贡献的英国科学家道尔顿。后来人们为了纪念他，便将色盲症以他的名字命名——“道

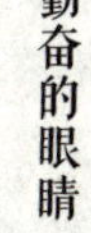

尔顿症”。

同道尔顿一样，俄国著名生物生理学家、1904年诺贝尔生理和医学奖获得者巴甫洛夫也有一双慧眼。

巴甫洛夫有一条实验犬，叫茹其卡。由于反复进行条件反射实验，茹其卡常从嘴里流出大量的胃液。胃液流到它的身上，本来应对皮毛有较强的腐蚀性，但茹其卡却安然无恙。

这是什么缘故呢？

巴甫洛夫让一名青年学者观察分析，但却一无所获。后来，巴甫洛夫亲自观察到茹其卡睡觉前总是把墙上的石灰抓下一层，一块一块地铺垫好，然后躺在上面。他明白了，茹其卡的铺垫物有通风透气和干燥的功能，因而起到了防止腐蚀的作用。

巴甫洛夫将观察的收获告诉青年学者时说：“如果没有细心的观察，视而不见，虽然有眼睛，却等于盲人。”

随后，巴甫洛夫在自己实验室的墙壁上写下了这样的座右铭：“细心，细心，再细心。”

举足轻重的懒蚂蚁

科学家观察时发现在成群的蚂蚁中，大部分蚂蚁都争先恐后地寻找食物、搬运食物，可以说是相当勤劳。但有少数蚂蚁则整日东看看，西望望，似乎无所事事，什么活也不干。它们，被科学家称为懒蚂蚁。

为了深入研究这些懒蚂蚁在蚁群中如何生存，科学家做了下面的实验。

他们在这些懒蚂蚁身上都做上了标记，然后断绝蚁群的食物来源，并将蚂蚁窝破坏掉。在随后的观察中发现，在这种情况下，那些勤快的蚂蚁都不知所措，一筹莫展，而懒蚂蚁则挺身而出，带领伙伴们向自己侦察到的新食物方向转移，并顺利地建起新的蚁窝。

接着，实验者把这些懒蚂蚁从蚁群里抓走。结果他们发现剩下的蚂蚁都停止了工作，乱作一团。直到他们把那些懒蚂蚁放回去之后，整个蚁群才恢复到井然有序的工作和生活状态。

看来，绝大部分忙忙碌碌、任劳任怨的勤快蚂蚁，根本离不开为数不多的懒蚂蚁。懒蚂蚁善于运用头脑分析事物，把大部分时间都花在了“侦察”和“研究”上，能在环境变化时发挥行动引

导作用，具有使蚁群在困难时刻存活下来的本领。显而易见，懒蚂蚁在蚁群中有着举足轻重不可替代的地位和作用。

科学家认为，在蚁群中，勤有勤的原则，懒有懒的道理，勤与懒是相辅相成缺一不可的。但是相比之下，蚁群中的懒蚂蚁要比只低头干活不抬头看路的勤快蚂蚁重要得多。因为懒蚂蚁能看到蚁群面临的问题和解决问题的办法，是蚁群赖以生存的组织者和指挥者。

行成于思，毁于随。如果说理论是行动的眼睛，那么思考可以说是勤奋的眼睛。懒于杂务，才能勤于思考。在经济全球化，竞争越来越激烈的今天，更需要思考，思考，再思考。

高尚的事业需要好策划

在纽约市的海滩上，心理学家托马斯·莫里亚蒂做过一个关于阻止偷窃行为的实验。这个实验的目的是要观察旁观者会不会不顾个人安危去阻止身边的偷窃行为。

在这个实验中，研究人员让自己的一位同事在海滩上随便找一个人作为实验对象。这位同事把浴巾铺在离实验对象大约 5 英尺的地方，然后很放松地躺在浴巾上，打开携式收录机，听着优美的音乐。几分钟之后，他从浴巾上站起来，向海滩走去。

过了一会儿，研究人员让自己的另一位同事假扮成一个小偷，悄悄地走过去，迅速地拿起收录机，然后快步离开。

在类似的 20 次实验中，只有 4 个人见义勇为，挺身而出。由此可见，在通常的情况下，绝大多数实验对象不愿冒险去阻拦那个小偷。

随后，研究人员将这个实验的程序稍微做了一点改动，又做了 20 次实验，结果却截然不同。

所谓的改动，就是在第一位同事起身离开之前，只是简明地请求实验对象，帮忙照看一下留下的东西，并得到了每一个实验对象的承诺。结果在新进行的 20 次实验中，有 19 个人见义勇为，

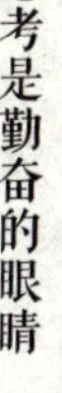

挺身而出，简直成了阻止偷窃行为的孤胆英雄。他们追赶着“小偷”，叫他停下来，要求他对自己的行为做出解释，甚至干脆冲上去拉住“小偷”，把收录机从“小偷”的手里夺过来。

再请看下面的另一个实验：市场调查专家丹尼尔·霍华德做过的卖小甜饼实验。

在这个实验中，得克萨斯州达拉斯市的一些居民接到了饥饿救助委员会打来的电话，问他们是不是愿意让这个委员会的人到他们家里去卖一种小甜饼，卖小甜饼的收入将用于慈善公益事业，即给那些贫困的人提供食物。当仅仅提出这个请求时（这种方法被称为“标准请求法”），只有 18% 的人答应了这个请求。

然而，如果打电话的人先用问候的话拉近彼此间的距离：“您今天晚上的感觉好吗？”等到对方回答之后，再使用标准请求法，结果出现了一些值得注意的可喜变化：第一，在 120 个接电话的人当中，有 108 人做出了合乎习惯的回答：“很好”，“不错”，“非常好”，等等。第二，在 108 个做出了合乎习惯的回答接电话人当中，有 32% 的人同意饥饿救助委员会的人到家里来卖小甜饼，接近“标准请求法”的两倍。第三，在同意上门来卖小甜饼的人之中，后来有 89% 的人确实在家里买了小甜饼。

通过心理学家托马斯·莫里亚蒂的阻止偷窃行为实验和市场调查专家丹尼尔·霍华德的卖小甜饼实验，我们可以得出这样一个很有价值的共同结论：

成败的经验都可以说明尽管高尚的事业具有强大的感召力，但其本身并不能保证达到最佳的效果。有效的方法对于高尚的事业，仍然具有至关重要的作用。比如我国的慈善公益事业无疑是高尚的事业，但其发展的数量和质量都很不理想。其原因自然是复杂和多方面的，但缺少有效的方法无疑是至关重要的一个原因。高尚的事业仍然需要好方法，仍然需要好策划，只有采用了有效的方法，才能达到最佳的效果。

5

第五辑

让困难开出智慧之花

善于用人短变长

美国柯达公司在制造感光材料时，需要有人在暗室工作。但视力正常的人一进入暗室，犹如司机驾驶着失控的车辆一样不知所措。针对这种情况有人建议：盲人习惯于在黑暗中生活，如果让盲人来干这种工作，定能提高工作效率。于是，柯达公司经理决定：将暗室的工作人员全部换成盲人。

在暗室里工作，盲人远远胜过正常人，真可谓善于用人短变长。柯达公司巧用盲人这一行动，不仅提高了劳动生产率，给公司增加了利润，而且给公众留下了不拘一格“重用人才”的良好印象。很多高素质的大学生、研究生和专业人才，都争先恐后地到柯达公司效力。柯达公司的产品在几百个国家和地区畅销无阻，经久不衰。这与柯达公司善于不拘一格重用人才是分不开的。

人无完人，金无足赤。有高峰必有深谷。世界上只能找到适合做某项工作的人才，很难找到完美无缺的全才。与人类已有的知识、经验、能力的总和相比，任何伟大的天才都只是沧海一粟。

尺有所短，寸有所长。一位哲人说得好：“垃圾只是放错了地方的宝贝。”梅虽逊雪三分白，雪却输梅一缕香。

列宁说：“人的缺点多半是同人的优点相互联系的。”有无相生，难易相成，长短相形，高下相倾，音声相和，前后相随，一切事物的两极都是相通的。在一定的条件下，一个人的优点可以变成缺点，缺点也可以变成优点。

容人之长、用人之长不易，容人之短、用人之短更难。让好吹毛求疵的人去检查质量，让好争强好胜的人去冲锋陷阵，让好出头露面的人去搞公关……就有利于这些人扬长避短，使短处转化为长处。

事业要发展，不仅要善于容人之长、用人之长，而且要善于容人之短、用人之短。日本的川口寅三在《发明学》一书中提出了“善用缺点”的主张，并强调说：“甚至可以认为，人类能取得多大的成就与能否巧用缺点有关。”

人才如花。艳花大多不香，香花大多不艳，艳而香的花大多有刺。艳者取其艳，容其不香；香者取其香，容其不艳；艳且香者取其艳香，容其有刺。

善用人者无废人，善用物者无弃物。

把木梳卖给和尚

有一家效益相当好的大公司，为了进一步扩大经营规模，公司领导决定高薪招聘营销人员。广告一打出来，报名者纷至沓来，其中不乏有文凭、有能力、有人脉和有素质之人。

面对众多的应聘者，大公司招聘工作的负责人说："相马不如赛马。为了能选出德才兼备的高素质营销人员，我们出了一道实践性的试题：请各位想办法，把木梳尽量多地卖给和尚。"

对于此次招聘，绝大多数应聘者感到困惑不解，甚至感到愤怒：出家人剃度为僧，没有头发，要木梳有何用？这岂不是神经错乱，拿人开涮？没过多久，应聘者接二连三地拂袖而去，几乎散尽。最后只剩下三个应聘者：小伊、小石和小钱。

招聘工作的负责人对剩下的这三个应聘者交代："以 10 日为限，届时请各位将销售成果报给我。"

10 日期到。

负责人问小伊："卖出多少？"答："一把。""怎么卖的？"小伊讲述了历尽的辛苦，以及受到众和尚责骂与追打的委屈。好在下山途中遇到一个小和尚一边晒着太阳，一边使劲挠着又厚又痒的头皮。小伊灵机一动，赶忙递上了木梳。小和尚用后满心欢喜，于是买下一把。

负责人又问小石："卖出多少？"答："10把。""怎么卖的？"小石说，他去了一座名山古寺。由于山高风大，进香者的头发都被吹乱了。小石找到了寺院的住持说："蓬头垢面是对佛的不敬。应在每座庙的香案前放把木梳，供善男信女梳理鬓发。"住持采纳了小石的建议。那山共有10座庙，于是就买下10把木梳。

负责人又问小钱："卖出多少？"答："1000把。"负责人惊问："怎么卖的？"小钱说，他到了一个颇具盛名、香火极旺的深山宝刹，朝圣者如云，施主络绎不绝。小钱对住持说："凡来进香朝拜者，多有一颗虔诚之心，宝刹应有所回赠，以做纪念，保佑其平安吉祥，鼓励其多做善事。我有一批木梳，您的书法超群。您可在木梳上刻下'积善梳'三个字，然后便可做赠品。"住持大喜，立即买下1000把木梳，并请小钱小住几天，共同出席了首次赠送"积善梳"的仪式。得到"积善梳"的施主与香客很是高兴，一传十，十传百，朝圣者更多，香火也更旺。这还不算完，好戏还在后头。住持希望小钱再多卖一些不同档次的木梳，以便分层次地赠给各种类型的施主与香客。

就这样，小钱在看来没有木梳市场的地方开创出了很有潜力的市场。

……

招聘结束之后，负责人抒发了这样的感慨："如果说文凭是铜牌，能力是银牌，人脉是金牌，那素质就是王牌。从根本上说，一个人的工作、事业和命运，主要是由其综合素质决定的。谁想让工作、事业和命运好些，好些，再好些，谁就要下苦功夫把自身的德才素质提得高些，高些，再高些。"

华盛顿找马

美国第一任总统华盛顿，早年有件丢马找马的逸事。

有一天，华盛顿的一匹马被人偷走了。华盛顿同一位警察一起到偷马人的农场里去索讨，但那人拒绝归还，一口咬定说："这就是我自己的马。"

华盛顿用双手蒙住马的两眼，对那个偷马人说："如果这马真是你的，那么，请告诉我们，马的哪只眼睛是瞎的？"

偷马人犹豫地说："右眼。"

华盛顿放下蒙马右眼的手，马的右眼并不瞎。

"我说错了，马的左眼才是瞎的。"偷马人急着争辩说。

华盛顿又放下蒙马左眼的手，马的左眼也不瞎。

"我又说错了……"偷马人还想狡辩。

"是的，你是错了。"警官说，"这些足以证明马不是你的，你必须把马还给华盛顿先生。"

偷马人的失败就在于过分地相信了此马有一只眼睛是瞎的，不知不觉中了华盛顿巧设的圈套，等悔悟时败局已定，无可挽回。

巧用人们的心理定式，可以妙趣横生，事半功倍。

征兵广告的启示

从20世纪70年代起，美国实行了志愿兵制度。时逢社会经济回升，出现了许多就业机会，兵源明显不足。到1979年，陆军连续三年没能完成预定的征兵计划。新征入伍的志愿兵，有半数的人文化水平较低。陆军征兵司令部急得团团转，于是找到艾耶广告公司，委托它们用广告帮助解决这个难题。

艾耶公司在美国名气很大，被认为是现代广告公司的先驱，有一套处理难题的办法。

艾耶公司通过对应征范围青年进行调查发现大多数人把陆军仅仅看成是锻炼身体的地方，而多数有知识的青年热衷于接受“对个人的挑战”，即上大学以及从事各种非军事事业。青年们很少知道当时的陆军已经是现代化装备的高科技部队，内有270个军事专业可供选择，完全是一种具有挑战性的岗位。

于是，经过周密地论证，形成了一个切实可行的广告策划。

广告预期目标被定为：提高陆军的知名度，消除误解，扫除障碍，建立信誉，改变人们对陆军的偏见，使那些起初不考虑报名的人把参加陆军作为一个选择，促使其主动寻找征兵站，积极要求报名。

广告要给人留下深刻的烙印：陆军是现代化高科技部队。部队生活是艰苦而富有挑战性的，个人如能迎接挑战，就能抓住机会。

广告的受众对象略为宽泛：除了 17 ~ 21 岁优秀高中毕业生外，也包含高中高年级在校生。不仅包括有愿望的，而且包括尚无兴趣的青年，甚至包括对参军决策的影响者——青年人的父母亲、朋友、教师、教练、辅导员、企业或民间组织的领导、牧师、政府官员等。

广告的传播策略：由于上述受众对象范围宽泛，而预算却有限，必须巧妙地设计一个媒介载体组合，包括如针对高中生的杂志和收视频率高的电视节目，针对决策影响者的电视节目等。

广告的信息策略：展示陆军"高科技"和"对个人的挑战"特点，展示新兵上岗执行真实军事任务的实况，使人感到这是一个充满活力、激励人心的现代化组织，参加陆军能获得高科技培训以及全面的发展。

该广告策划的中心口号是："为所能为"。围绕这一口号，艾耶广告公司创造出非常出色的印刷品广告和电视广告。它们的分布比重合适，效果令世人瞩目。

到 1984 年，形势完全改变了。尽管那时 17–21 岁的年轻人总数较过去减少，但仍有 21 万男女青年报名申请加入正规军或后备军。之后，连续四年达到或超过征兵指标。更重要的是入伍者中的 90% 是高中毕业生，50% 以上属于高智商类型。跟踪调查还发现，美国陆军已成为青年人第二个向往的热门。

广告专家们纷纷评论，因为成功的策划，"为所能为"的广告，是诸多征兵广告中给人印象最深刻、最具劝服力量的广告。

这个著名的征兵广告又一次有力地说明，一条妙计，可以赢得一场战争；一个主意，可以救活一个企业；一番心机，可以成就一桩事业；一则良策，可以反败为胜，化险为夷。当今世界，伴随着高科技、信息时代的到来，竞争将更加激烈。一个国家，一个民族，一个地区，一个单位，为了求生存，求发展，领导者务必重视谋略的运用。

富豪只借一美元

一位犹太富豪走进一家银行，到了贷款部前，举止得体地坐下来。

“请问先生，您有什么事情需要我们服务吗？”贷款部经理一边小心地询问，一边打量来者的穿着打扮：名贵的西服，高档的皮鞋，昂贵的手表，还有镶嵌着宝石的领带夹子……显然是一位很有实力和修养的人。

“我想借点钱。”

“完全可以，您想借多少呢？”

“一美元。”

“只借一美元？”贷款部的经理惊愕了。

“我只需要一美元。可以吗？”

“当然，只要有担保，借多少，我们都可以照办。”

“好吧。”犹太人从豪华的皮包里取出一大堆股票、国债、债券等放在桌上：“这些作担保可以吗？”

经理清点之后说：“先生，总共50万美元，做担保足够了。不过，先生，您真的只借一美元吗？”

“是的。”犹太富豪不露声色地回答。

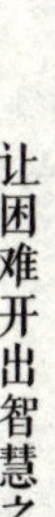

经理干脆地说："好吧，请到那边去办手续吧，年息6%，只要您付出6%的利息，一年后归还，我们就把这些股票、国债、债券等都还给您……"

"谢谢……"犹太富豪办完手续，便从容离去。

一直在一边冷眼旁观的银行行长怎么也想不明白，一个拥有50万美元的人，怎么会跑到银行来借一美元呢？

他从后面追了上去，大惑不解地说："对不起，先生，可以问您一个问题吗？"

"你想问什么？"

"我是这家银行的行长，我实在弄不懂，您拥有50万美元的家当，为什么只借一美元呢？要是您想借40万美元的话，我们也会很乐意为您服务的……"

"好吧！既然你非要弄个明白，那我就把实情告诉你。我到这儿来，是想办一件事情，可是随身携带的这些票券很碍事，不方便。我到过几家金库，要租他们的保险箱，租金都很昂贵。我知道贵行的保安很好，所以就将这些东西以担保的形式寄存在贵行了。由贵行替我保管，我还有什么不放心呢！况且利息很便易，存一年才不过6美分……"

既有头脑又有金钱的人是幸运的，因为他能用头脑支配金钱。

只有金钱而没有头脑的人是不幸的，因为他的头脑只能被金钱所支配。

文无定体，商无定市。经商斗智，善谋者胜。

比马慢和除灰尘

1174年，成吉思汗的父亲统治的孛尔只斤部落打了一场胜仗，夺回了大片领地和许多牲口。为了庆祝胜利，特意安排了一场赛马，但优胜者标准不同往常——最后到终点的马才能得奖。一句话，比马慢。

骑手们想方设法一个比一个慢，过了好一阵儿，跑在最前面的马才只行进了赛程的十分之一。

眼看夕阳不等人，可比赛又难以结束，大家有点耐不住了。成吉思汗的父亲也后悔自己不该别出心裁搞这种赛马，但话已出口，金口难改。怎样尽快结束这场僵局呢？成吉思汗的父亲略一思忖，便令人传下谕旨："谁有办法尽快结束比赛，给予重赏。但是，不能改变原定的优胜条件，跑得慢的马才是胜者。"

众人绞尽脑汁，仍想不出一个万全之策。这时年仅12岁的成吉思汗跑到磨磨蹭蹭的赛马队伍面前，对每一个骑士说如此，道这般，进行了一番新的安排，然后厉声发出号令："跑！"

只见骑手们一改刚才的拖沓状况，争先恐后地纵马向终点狂奔。比赛很快就结束了，可跑得最慢的马依然是胜者。

原来，成吉思汗让骑手们相互调换了马骑，甲骑乙的马，乙

骑丙的马，丙骑丁的马……这样一来，每个骑手都希望自己驾驭的别人的马跑得最快，不能获得奖，而使自己的马落在最后，从而取胜。这就彻底打破了众骑手踯躅不前的僵局！

用比马慢的办法没能把最慢的马选出来，反其道而行之，用比马快的办法却轻而易举地将最慢的马选了出来。

1901年，在伦敦举行了一次清除灰尘的表演。当时，“除尘器”表演是很吸引人的。可那次表演实际上是用风把灰尘吹走，而且观众被吹得全身上下都是灰尘。人们乘兴而来，败兴而归。所谓的“除尘器”，实际上是吹尘器。

有个叫布斯的人想，要想清除灰尘，吹尘看来不行，能不能换个办法把吹尘改为吸尘呢？回到家之后，他用手帕蒙住自己的嘴和鼻子，趴在地上用嘴猛力吸气，结果灰尘不再到处飞扬，而被吸附在手帕上。后来的吸尘器，就是根据布斯的这个设想制造出来的。

用吹尘的办法没有将灰尘清除干净，反其道而行之，用吸尘的办法，却轻而易举地将灰尘清除干净了。

有山才有路，有河才有渡，有困难才有智慧。困难是人生的优秀教科书。困难是智慧之母。智慧被天公隐藏在困难的事业中。艰难困苦，玉汝于成。知难而进战胜困难的过程，就是开发智慧的过程。有了智慧，就有了道路，有了力量；有了智慧，就可以化平凡为奇迹，就可以用最佳的方式追求最高的目标。真正使人富有魅力的并不是身上佩戴的珠宝，而是心灵深处的智慧。

妙语

那是一个寒冷的冬天，在纽约一条繁华的大街上，经常可以看到一个双目失明的乞丐。那乞丐的脖子上挂着一块牌子，上面写着“自幼失明”。

有一天，一个诗人路过乞丐的身旁，乞丐便向诗人乞讨。诗人说：“我也很穷，不过我给你点别的吧。”说完，他随手在乞丐的牌子上改写了一句话。

那一天，乞丐得到了很多人的同情和施舍。后来，乞丐又碰到那诗人，便很奇怪地问：“你究竟给我写了什么呢？”那诗人笑笑，念出了牌子上所写的句子：“春天快要来了，可我不能见到它。”

乞丐还是那个乞丐，只是改变了牌子上的几个字，同情和施舍的人就多了。

法国著名女高音歌唱家玛·迪梅普莱有一个美丽的私人园林。每到周末，总会有人到她的园林摘花，拾蘑菇，有的甚至搭起帐篷，在草地上野营野餐，弄得园林一片狼籍，肮脏不堪。

管家曾让人在园林四周围上篱笆，并竖起“私人园林禁止入内”的木牌，但均无济于事，园林依然不断遭到践踏和破坏。于是，管家只得向主人请示。

迪梅普莱听了管家的汇报后，让管家做几个大牌子立在各个路口，上面醒目地写明：

“如果在园林中被毒蛇咬伤，最近的医院距此15公里，驾车约半个小时即可到达。”

从此，再也没有人闯入她的园林。

园林还是那个园林，只是改变了木牌上的几个字，保护园林的难题就解决了。

美国纽约市有一个著名的植物园，每天吸引大批游客。人们纷纷前往植物园，观赏多姿多彩的花卉和形状奇特的盆景。

植物园有个与众不同之处，就是其园内的警语牌上面写着：“凡检举偷窃花木者，赏金200美元。”

有些好奇的游客问管理人员：“警语牌为何不按通常的习惯，写成‘凡偷窃花木者，罚款200美元’？”

管理人员不假思索地答道：“原来我们正是那样写的。如果要是继续那么写，就只能继续靠我们自己的两只眼睛监督了。而现在，我们有几百双监督的眼睛。”

植物园还是那个植物园，只是改变了警语牌上的几个字，监督的眼睛就增加了百倍。

心之官则思。越是困难，越要从思考中提炼妙语。

赌驴

范西屏是清代人。有一天，他向朋友借了一头小毛驴去扬州探亲。经过几天的长途跋涉之后来到了江边，船老板却不让他的毛驴上船，因为小小的船舱只能载人不能载牲口。

范西屏既不能上船，又不能把朋友的毛驴给丢了，一筹莫展地牵着毛驴在县城的街上闲逛。当他走到了一家布店时，布店老板正和一个年轻人用围棋一赌输赢。他仔细一打听才晓得布店老板经常以围棋为赌博的工具来赢别人的财物。

范西屏将毛驴拴在旁边的柱子上，挤入几个观棋的人中。年轻人的棋子全被老板给封住了，正在苦思怎么杀出重围。过了一会儿，他忍不住为年轻人出主意，但说的却都是一些外行话，让围观的人给嘘了回去。接着，他又批评店主的棋子下得不对。

这下可把店主给惹火了，厉声地喊："你以为你很行吧！咱俩就赌一盘，不要在旁边穷嚷嚷。"

范西屏十分痛快地说："好啊！咱俩就赌一盘。如果我赢了，你就给我一匹布；如果你赢了，我就给你这头毛驴。"

一局对弈下来，范西屏输得极惨，店主开怀大笑。范西屏显得很不甘心地将毛驴让店主牵了去，并且说："我因为有要事在身，

没尽全力，所以输得不服气。一个月之后我带些钱来找你，如果我输了，我给你钱；如果我赢了，你还我这头毛驴。”

店主心想，凭他现在的基础，一个月之后棋艺又能有多大的长进，下多少盘我也保准能赢。于是，店主满口答应，相约一个月后再决雌雄，兴奋得连输驴者的姓名也没问一问。

一个月后，范西屏如约赶到布店，布店老板一见财神又到了，忙不迭地摆桌下棋。

店主万万没想到，对方的棋路奇异诡谲，自己的心思似乎完全被对方洞穿了。没下多久，店主就败下阵来，一言不发地愣在那儿。

这时只见范西屏牵过拴在旁边柱子上的毛驴，摸了摸吃了一个月上好粮草、膘肥体壮的毛驴，纵身骑了上去。

店主急忙追了上去问道：“敢问先生尊姓大名？”

“在下范西屏。”说完仰天大笑，然后给店主留下了一个月喂毛驴的草料钱，吆喝着毛驴扬长而去。

店主不禁一惊，自己原来是在与赫赫有名的“棋圣”赌棋。

利令智昏。“棋圣”范西屏利用赌徒的贪婪，轻而易举地让赌徒心甘情愿地饲养了一个月的毛驴。

小智慧者常常咄咄逼人，小善良者常常斤斤计较。唯有大智慧者才能谦和，唯有大善良者才能宽容。

撩起内心的渴望

那次参加在上海市举办的企业管理进修班，在上午的最后一节课，听了一位外教的讲课。

他给大家讲了这样一个观点：要想搞好管理，极其重要的一件事情，就是要千方百计地使人心甘情愿地服从管理。随后，他讲了下面这个故事。

有一艘轮船在近海触礁，很快便开始下沉。船上几位来自不同国家的商人根本不知道情况的危急，仍在高枕无忧地谈论生意。

船长命令大副说："快去告诉那些商人，立刻穿上救生衣，跳到水里去准备逃生，配合营救。"

过了好一会儿，大副跑回来报告说："他们都坚持不往下跳。"

"你来接管这里，我去看看，也许我能做点什么。"船长命令道。

几分钟后船长回来说："他们全部都跳下去了。"

大副既佩服又吃惊地问："你用了什么办法，怎么这么快就都跳下去了？"

船长说："我运用了心理学的知识。我对英国人说，那就像是一项体育运动，于是他跳下去了。我对法国人说，那是很潇洒的；

对德国人说那是命令；对意大利人说，那不是被基督教所禁止的；对苏联人说，那是革命行动。”

“那您是怎么让美国人跳下去的呢？”

“我对他说，他是被保险的。”

……

外教讲完了这个故事之后，给学员们出了一道题目，先请几位学员试一试，等到下午上课时大家再深入讨论。出题的纸片上写着：

“现在请你到讲台上来领导本班，想办法让大家全部心甘情愿地走出教室。切记！务必使大家心甘情愿！至少要像那几个商人那样心甘情愿。”

第一位学员束手无策，不知道怎么办才好，只好又回到自己的座位。

第二位学员是这么做的：“教官要我命令你们出去，听到了没有？请心甘情愿走出教室的举手！”全班居然没有几个人响应。

第三位学员是这么做的：“各位，值日生要打扫教室，请各位离开！请心甘情愿走出教室的举手！”响应的人刚刚过半。

第四位学员看了纸片上的题目一眼后，微笑对大家说：“好了，各位！食堂中午12点开饭，现在已经12点零5分了。拖课不得人心，立刻下课，都去吃午饭吧！”

不出数秒，全教室30多人嘻嘻哈哈地都走光了。

……

究竟怎样才能让对方心甘情愿地服从管理？

下午上课的时候，这位外教用下面的话总结了大家的讨论：

要想让对方心甘情愿地服从管理，就要设身处地了解对方的合理要求，充分考虑对方的切身利益，撩起对方的内心渴望。能做到这一点的人，就能掌握和拥有世界。

最重要的事情

生活中的有些陷阱，可能是机遇。

有一个鲁国的乡下人，送给宋元君两个用绳子结成的疙瘩，非常难解开。于是，宋元君向全国下令："凡是聪明的人、有技巧的人，都来解这两个疙瘩。"

宋元君的命令，吸引了国内的许多能工巧匠和脑子灵活的人。他们纷纷进宫解这两个疙瘩，可是却没有一个人能够解开。他们只好摇摇头，无可奈何地离去。

有一个叫倪说的人，不但学识丰富，而且洞明世理。他的一个弟子说："老师，让我前去试一试，行吗？"

倪说看了看弟子，信任地点了点头。

这个弟子拜见了宋元君，宋元君叫左右拿出绳疙瘩让他解。只见他将两个疙瘩仔细打量一番，然后拿起其中一个，双手飞快地翻动，一会儿就将疙瘩解开了。周围观看的人发出一片叫好声，宋元君也十分欣赏他的聪明能干。

另一个疙瘩仍然摆在案上，宋元君示意这个弟子继续解开第二个疙瘩。可是这个弟子十分肯定地说："不是我不愿意解开这个疙瘩，而是这个疙瘩本来就是一个解不开的死结。"

宋元君将信将疑，于是派人找来了那个鲁国人，把倪说弟子的答案说给他听。那个鲁国人听了十分惊讶地说："妙呀！的确是这样的，它是个死结。这是我亲手编制出来的，它没法解开。这一点，只有我自己知道，而倪说的弟子没有亲眼见我编制这个疙瘩，却能看出它是一个无法解开的死结，说明他的智慧是远远超过我的。”后来，这个弟子因识破了死结这个陷阱而青云直上。

生活中的有些天灾，可能是天幸。

在美国，有一个总面积约 8889 平方公里的国家公园，对水灾和火灾等自然灾害从不加以人为的干预。火灾来了，任大火去烧，让大火自生自灭，而不去救火；水灾来了，让大水去流，而不去抗洪。只有当大火或者大水直接威胁到游客、工作人员的生命和文化遗迹的安全时才采取必要的营救措施。

它就是美国最早的国家公园——黄石国家公园。这一反常的管理举措，起源于 1988 年遭受的一场大火。当时公园 1/3 的森林被烧毁了，到处是被大火烧焦的一片片死树。

此后，公园管理局用 10 年的时间研究了大火对生态的影响，结果发现：天灾，有时是大自然新陈代谢的使者。因为大火常发生于衰老的森林，能淘汰森林中的病树、枯木，让新树有生长的空间。比如松树的生长周期大约是 250 年，超过这个年龄的树木便开始衰老。又如有些树木的种子，只有借助大火的力量才能迸开发芽。另外，焚烧过的土地会更加肥沃，更利于树木生长。大火过后，虽然有些物种的数量减少了，但更多的物种却得到新生。总体上看，大火促进了进入垂暮之年森林的自然更新。在大火烧过的地方，葱绿茂密的小树开始茁壮成长。

生活中很难说是陷阱多还是机遇多，也很难说是天灾多还是天幸多，因为机遇常常把自己打扮成陷阱，天幸往往把自己乔装成天灾。生活很像打扑克，抓牌好坏凭运气，出牌水平靠自己。最重要的事情，莫过于走好自己的每一步，莫过于使自己不断地强大起来。只有具备了足够的实力和敏锐的眼光，才能在陷阱中发现机遇，在天灾中发现天幸，化祸为福，逢凶化吉。

没有无法可想的事情

清末，曾国藩的门生许振出任江苏布政使。当时曾国藩已死，他的弟弟曾国荃为两江总督，是许振的顶头上司。由于过去两人积怨不浅，他们的关系一直不好。成为上下级以后，曾国荃对过去的不快耿耿于怀，于是写好了一份奏折，准备弹劾许振。

没有不透风的墙。许振听说后焦急万分，便向一个绍兴籍的著名师爷讨教对策。师爷仔细地听完了来龙去脉，沉吟了半晌后说道："事到如今，只好以情动人了。"他让许振火速在南京城里买下一幢大房子，将其改建为书院。为表示对曾国藩的尊崇和怀念，用其封号取名为"文正书院"。师爷还替许振拟了一副对联，挂在曾国藩的遗像两旁："瞻拜我惟余涕泪，生平公本爱湖山。"

正式开学的那天，许振诚请曾国荃以及全省各位大员莅临。曾国荃感到盛情难却，不得不应酬一下。仪式开始后，众人向曾国藩的遗像施礼，只见许振伏地痛哭。礼毕，许振恭请曾国荃为书院题写匾额。

随后，许振向全体学生讲话，说自己受先师曾国藩之恩，毕生难报，愿两江人士不忘先师恩德，刻志求学，继承先师。他还一本正经满怀深情地说："两江总督曾大人是先师之弟，大家见到他就如见到先师一般。”

许振的一席话讲得情真意切，感人肺腑，以致曾国荃回到总督衙门，立即烧掉了弹劾许振的奏章，并对别人说：“如果弹劾了许振，我就对不起先兄了。”

许振摆脱了被弹劾的被动局面后，对老谋深算的师爷佩服得五体投地，不禁问道：“你的这个主意为什么能收到立竿见影的奇效？”

师爷不紧不慢地回答道：“通常说来，在彼此陌生的人之间，最初印象的好坏起着先入为主的重要作用；而在彼此熟悉的人之间，则最近印象的好坏，起着举足轻重的重要作用。在经常接触、长期共事的人之间，双方往往都将对方最近一次的表现作为认识与评价的依据，以至于据此发生远近亲疏的微妙变化，甚至是出现质的转变。比如现实生活中夫妻间的和好与反目、朋友间的深交与绝交等等，往往都与最近一次的表现有关。在与曾国荃的这次交往中，你用对曾国藩的感激与怀念感动了他，动摇了他要弹劾你的决心。”

上战场不吹牛，下战场才夸口。随后，师爷说了一句口气虽大却又不无道理的话：“在这个世界上，任何难题都有解决的办法，根本没有无法可想的事情。”

坏消息就是好消息

顺情说好话，耿直讨人嫌；好大喜功，听不得逆耳之言。这些可以说是人性的弱点，特别功成名就的佼佼者往往更是如此。但世界首富比尔·盖茨却能格外重视倾听坏消息，从中汲取营养，不断发展自己的事业。他在《未来时速》一书中，写下了不少关于这方面的精彩文字。

比尔·盖茨认为不虚心倾听坏消息，不用行动变坏事为好事，就将比瞎子还瞎，比聋子还聋。听不到坏消息，就是败落的开端。

他说："应保证坏消息更快抵达，但你的下属可能会不愿告诉你坏消息。你必须始终乐意接纳坏消息，并对它采取行动。如果你不对此采取行动，你的下属最终将不再告诉你坏消息，这将是败落的开始！"

比尔·盖茨认为，应当奖励带来坏消息的人，而不是让报喜者得喜，让报忧者得忧。

他说："对带来坏消息的人应给予奖励，而不应被视为犯上。业务领导必须倾听来自销售人员、产品开发人员和客户的警告。您不可能关掉闹钟而继续酣睡，除非您不想让自己的公司生存下去。"

此外，“对有意义的失败——实验，应实行奖励。”

比尔·盖茨认为能不能倾听和鼓励坏消息，关键在于领导者。

他说：“在鼓励和倾听坏消息方面，组织态度的变化来自上层。首席执行官和其他高级经理必须坚持听取坏消息，他们还应该在他们的组织内建立起倾听坏消息的嗜好。”

他还说：“从战略的高度看，首席执行官的主要职责是发现坏消息！并鼓励公司做出反应。”

比尔·盖茨认为，微软成功的主要经验是始终以失败者的身份从坏消息中汲取有益的营养，使自己的产品日臻完善。

他说：“询问任何在微软工作过的人，他都会告诉您，如果我们有一个优秀品质的话，那就是我们始终认为自己是失败者。我们今天仍然认为我们是失败者，就像在过去20年的每一天里我们都认为我们是失败者一样。如果我们不坚持这种看法，我们的竞争者就会吃掉我们的午餐。坚持听取坏消息，在研究领域也一直追求长期的发展，我们用坏消息驱使自己把新特色纳入我们的产品。可能有一天有人会使我们猝不及防，可能有一天来个急迫的暴发户会把微软赶出市场。我只希望这是在50年之后，而不是两年或5年内。”

任何国家、企业、个人或一个系统的成功，都可以总结出几种或几十种经验，但却很少有人像微软首席执行官比尔·盖茨这样重视“坏消息”，把它提高到“首席执行官的主要职责”的战略高度来认识，提高到事关微软生死存亡的战略高度来认识。我们当然没有必要迷信世界首富的每一句话，但是他如何对待坏消息的思想确实富有启示意义。“坏消息就是好消息。”比尔·盖茨经常说的这句话，闪烁着辩证思维的光芒，集中体现了他这方面思想的精华。

不要轻易说“不可能”

王教授是中国创造学会常务理事、同济大学创新思维研究中心主任。他在给东方希望集团讲课的时候，出了这样一个思考题请学员回答：“在一个装满了水的杯子里，在保证水不溢出的前提下，还可以再往杯子里放进什么东西吗？比如放回形曲别针，是能放进去三个、五个，还是八个、十个，或是更多。每个人最好能回答具体的数字，看看谁估计得更准确。”

王教授看多数学员犹豫不决，就又问：“这是一整盒曲别针，共有一百个，能不能都放进去？”

这次学员们几乎都觉得难以相信，纷纷表示：“这怎么可能呢？一定是不可能的。”

王教授平和地说：“当许多人说‘这是不可能’的时候，我们能不能自觉地想到，有很多不可能的事情，其实完全是可能的。”接着，他往一个透明玻璃杯里装了满满的一杯水，然后开始一个一个地往杯子里放回形曲别针。一个放进去了，两个放进去了，五个六个放进去了，八个九个也放进去了，十个二十个又放进去了……最后，整整一盒都放进去了。

学员们很惊讶，并聚精会神地观察到玻璃杯口的水面原来是平的，后来逐渐凸了起来，而且越凸越高，但由于表面张力的作用，玻璃杯里的水一点也没有溢出来。

王教授说："大家看到了吧，事实证明，我们刚才认为根本不可能的事情，其实是完全可能的。"

王教授进一步启发大家："尽量无拘无束地思考，假如杯子里连一个回形曲别针也放不进去了，那还能放进去什么东西吗？"学员们的思想顿时活跃了起来。

有的学员说："能放进去吸水的东西，比如说棉花或海绵。"

王教授说："很好。但是，除了放进去能吸水的东西之外，还能放进去什么东西呢？"

有的学员说："可以放一些漂在水上的东西，比如一滴油。"

有的学员说："还可以放一些可溶解的东西，比如盐、糖、味精等。"

有的学员说："可以放头皮屑、头发丝等。"

王教授又说："假如水杯已经满到了极限，就连一个头发丝的百万分之一都不能放了，那么请问，还能放进去什么东西呢？"学员们的思想更加活跃了。

有的学员说："可以把月亮放进去。"

有的学员说："还可以把阳光放进去。"

……

王教授说："大家回答得很好，既异想天开，又实事求是。这个实验说明，许多看似根本不可能的事情，其实不但是完全可能的，而且还有多种多样的可能。在今天这个世界，永远都有发展的机会，永远都不要轻易地说'不可能'。只有不断地抛弃'不可能思维'，树立起'一切皆有可能的思维'，才能创新，创新，再创新。"

用理解来表达需要

杰克和约翰是多年的好同事、好朋友，都有看报的习惯。

一次，他们两个人一同去曼哈顿出差。第二天早上，当他们在旅店点完饭菜之后，约翰说："我出去买份报纸，一会儿就回来。"

过了5分钟，约翰空着手回来了，嘴里嘟嘟囔囔、含糊不清地发泄着怨气。

"怎么啦？"杰克莫名其妙地问。

约翰答道："我走到马路对面的那个报亭，拿了一份报纸，递给那家伙一张10美元的票子，让他给我找钱。他不但不找钱，反而从我腋下抽走了报纸。我正在纳闷，他倒没好气地开始教训我了，说他的生意正忙，绝不能在这个高峰时间给人换零钱。看来，他是把我当成借买报纸之机破零钱的人了。"

两个人一边吃饭，一边议论这一插曲。约翰认为，这里的小贩傲慢无理，不尽人情，素质太差，很可能都是些"品质恶劣的家伙"，并劝杰克少同他们打交道。但杰克心里却并不同意约翰的看法。

他们吃完饭后，杰克请约翰在旅店门口等一会儿，自己则向马路对面的那个报亭走去。

杰克面带微笑十分温和地对报亭主人说:“先生，对不起，您能不能帮个忙。我是外地人，很想买一份《纽约时报》看看。可是我手头没有零钱，只好用这张10美元的票子。在您正忙的时候，真是给您添麻烦了。”

卖报人一边忙着一边毫不犹豫地把一份报纸递给杰克，说:“嗨，拿去吧，方便的时候再给我零钱！”

当约翰看到杰克高兴地拿着“胜利品”凯旋而归的时候，疑惑不解地问:“杰克，你说你也没有零钱，那个家伙怎么把报纸卖给你了？”

杰克真诚地说:“你我之间是无话不说的最好朋友。我的体会是：如果先理解别人，那么自己就容易被别人理解。如果总想让别人先理解自己，那么自己就容易觉得别人不可理解。如果用理解来表达需要，那么自己的需要就容易得到满足。”

6

第六辑

梦想如鸡蛋

母亲的眼光

1953年的一天，斯大林在豪华的克里姆林宫会见了垂垂已老的母亲。

在此以前的数十年间，她从来没有离开过格鲁吉亚乡村，一直在一间小木房里纺她的线。

母亲老了，在她昏花的眼睛里，对儿子领导下的苏联几乎是一无所知。

于是，便有了下面的对话。

斯大林问："小时候你为什么打我那么凶？"

母亲答："所以你才会这么有出息。"

母亲大笑。

母亲问："约瑟夫，你现在究竟当了什么官？"

斯大林答："你还记得沙皇吗？我现在差不多就是沙皇了。"

母亲又是大笑，然后说："其实我想让你当个神父。"

真是难能可贵，在一个纯朴的母亲眼里，一个神父与一个国家的最高领导者没有什么两样，同样都有出息。

当年哈里·杜鲁门首次参加竞选并一举成功，成了美国总统。杜鲁门当选美国总统的消息很快传遍各地，也传到了他的家乡。乡亲们兴奋地向他的母亲祝贺:“太好了！您真应该为有这样的孩子而自豪！”他的母亲微笑而平和地说:“我还有一个同样值得自豪的孩子。”乡亲们惊奇地问:“那个同样值得自豪的孩子在哪儿？做什么工作？”他的母亲依然微笑而平和地答道:“该收土豆了。那个一贯全力以赴的孩子正在地里挖土豆呢。”

真是难能可贵，在一个纯朴的母亲眼里，一个正在地里挖土豆的孩子与一个当选为美国总统的孩子没有什么两样，同样都值得自豪。

辉煌的人，通常是光芒四射；平凡的人，通常是没有光芒。

人们常常很自然地被辉煌的人所吸引，与此同时，也常常把平凡的人遗忘。

真是难能可贵，在许许多多纯朴的母亲眼里，一个长大成人的孩子是不是有出息，是不是值得自豪，并不仅仅取决于这个人是不是辉煌，而且更取决于这个人是不是努力和高尚。

这种纯朴母亲眼里的出息观和自豪观，有助于使辉煌人的光芒不刺眼，有助于使平凡人的高尚被发现，有助于使更多的人用全力以赴来架起由平凡此岸通往辉煌彼岸的桥梁。

巴斯德说得对:“人生最重要的不在于地位有多高，而在于善用自己的才能，用到最高的限度。”

巨匠的作业和手杖

一天，一位年逾古稀的老太太拿着一本破旧的作业本，无拘无束地问巴尔扎克："大作家，你给我瞧瞧，这小子有没有天才，将来是不是块当作家的料？"

巴尔扎克接过作业本后认真地看了看，胸有成竹地说："嗯，这小子天赋不高，灵气不多，凭这很难当作家。"

老太太听后，发自内心地笑道："好小子，我以为你们当作家的什么都懂，没想到你连自己30多年前的小学作文都看不出来！"

巴尔扎克也禁不住笑了。他做梦也没有想到这个老太太竟是自己30多年前的小学教师。

巴尔扎克的判断显然是错了，因为他只看到了孩子的基础，却忽视了孩子将来的努力，忽视了人是可以发展和变化的常识。但是，他也有言中的一面——任何人都不可能一出世就名扬天下，誉满全球。

巴尔扎克在成名之前，也曾困惑过，狼狈过。

他本来是学法律的，可大学毕业后偏偏想当作家，全然不听父亲让他当律师的忠告，将父子关系搞得十分紧张。不久，其父便不再向他提供任何生活费用。他写的那些玩意儿又不断地被退了回来，他陷入了困境，开始负债累累。最困难的时候，他甚至只能吃点干面包、喝点白开水。但是他挺乐观，每当就餐，便在桌上画上一只只盘子，上面写上“香肠”“火腿”“奶酪”“牛排”等字样，然后在想象的欢乐中狼吞虎咽。

在这段最为失意的日子里，巴尔扎克破费了700法郎，买了一根镶着玛瑙的粗大手杖，并在手杖上刻了一行鞭策自己的字：“我将粉碎一切障碍。”

正是这句无所畏惧、一往无前的名言，支持他渡过难关。后来，柳暗花明，他果然成功了。

巴尔扎克的作业和手杖，又一次证明了无数成功的人士坚信的箴言：“勤能补拙是良训，一分辛苦一分才。”在成功和失败之间，并没有一道不可逾越的鸿沟。对绝大多数人而言，一个人在某一方面的成功，主要并不决定于天才，只要按既定目标执着地追求，天长日久，水滴石穿，就没有不功成名就的道理。

才能就是辛苦和勤奋。

成功就是一直在努力。

一滴与一生

日本明治初期，京都曹源寺有一位高僧，名叫仪山。

有一天，仪山大师准备洗澡。他发现浴池里面的水烧得太烫，无法进去，就唤来一个刚来不久的小和尚，吩咐说："太烫了，提来一些冷水加进去。"

小和尚拿起了附近的水桶，提起之后发现桶底还有一点水，便随手把桶底的水倒掉了。

"你干什么？"仪山大师厉声喝道。

那个小和尚不晓得仪山大师为什么突然大发雷霆，愣在那里不知如何是好。

当小和尚打算走开时，仪山大师又大喝一声："你把水倒到哪里了？"

小和尚答道："我把它倒在院子里了。"

"真蠢！一滴水也珍贵无比，岂可浪费？你为什么不用它浇树？"

虽然小和尚一连挨了两次训，但是心里却充满了悟道的欣喜。他认识到"原来，一滴水也有它的珍贵意义"。

一件小事，可以改变一个人的一生。从此，他就将自己的名字改为“滴水”。后来，这位“滴水”在仪山大师教诲和熏陶之下，终于成为在日本佛教界与仪山大师齐名的高僧。

晚年，“滴水”大师写了这样一句话：

“曹源一滴七十余年，受用无尽盖地盖天。”

修炼品德要从小事做起，经营财富也得从小事做起。

洛克菲勒是美国第一个占有十亿美元资产的巨富。他之所以成功的原因固然很多，但从他一丝不苟地降低成本和减少开支的小事，足可以看出他之所以能够成功的一个重要原因。

有一次，洛克菲勒在美孚石油公司的一个包装出口火油的工厂发现，封装每只油罐都用 40 滴焊料。他经过多次试验证明：用 38 滴焊料封装每只油罐，偶尔会有漏油；用 39 滴焊料封装每只油罐，既可以节约一滴焊料，又可以完全杜绝漏油的情况。于是，封装每只油罐都用 39 滴焊料，便成为美孚石油公司的统一标准。可见，洛克菲勒的管理之严格，就连一滴焊料也不放过。

见微知著。从上面的这些小事，可以看到美国“石油大王”洛克菲勒管理思想的一个重要特点：不放过焊料的一点一滴！不放过支出的一毫一厘！简而言之，从小事做起。巨富核算到点滴毫厘，正是巨富成为巨富的一个重要原因。

万里长城是一砖一石砌成的，汪洋大海是一滴一滴汇成的。无论是修炼品德，还是经营财富，要成就一生一世的非凡大业，都得从一点一滴的平凡小事做起。

两位总统的母亲

美国第一任总统乔治·华盛顿的母亲玛丽·华盛顿是一位伟大的母亲。她早年守寡，以坚强的毅力支撑起家庭的生活，同时无微不至地关心和教育孩子们。她特别关照小乔治，用自己的高尚心灵陶冶儿子的情操。在母亲的关心和教育下，小乔治不仅学会自己料理自己，而且还有着强烈的正义感。

在乔治·华盛顿指挥美国军队的七年中，玛丽·华盛顿从来不为儿子的失利而灰心丧气，也不为儿子的胜利而趾高气扬。

一天，传来了胜利的消息，朋友们纷纷跑来向她祝贺。玛丽打断他们的颂扬，说道："请不要过多地夸奖我的儿子。我只希望乔治能记住我的话：不要忘记他是美国的普通公民，上帝只是使他比别人更幸运一些而已。"

在华盛顿的母亲看来，儿子的英雄业绩，只不过是走向新胜利的新起点。

1784年，华盛顿终于卸下戎装，探望偏僻家乡的母亲。他见到了久别的母亲，紧紧地长久地拥抱着母亲。母亲却没有像公众舆论那样赞扬儿子，只是心平气和地这样说道："孩子，我为你很好地履行了自己的职责而感到高兴！"

为了庆贺华盛顿的荣归，人们举办了一场盛大的舞会。华盛顿和母亲都愉快地应约赴会。

78 岁的母亲身着旧式服装，腰板挺直，神色谦和而庄重。

当她在儿子的搀扶下走进会场，所有的人都很激动，用钦佩的目光凝视着他们：这是美国的救星在温顺而恭敬地搀扶着母亲啊！是的，正是母亲赋予了他生命、美德和荣誉。

舞会开始了，华盛顿的母亲说道："虽然我跳舞的年龄早就过去了，但是我很高兴能和大家一起欢聚。"然后，她就愉快地和人们一道欢歌畅舞起来。

九点的钟声响了，母亲对儿子说："走吧，乔治，老年人这时候该回家了。"

她向大家道别，在华盛顿的搀扶下退出了会场。

在赴任美国总统之前，华盛顿又去探望了母亲。她仍居住在一个小庄园中，这是丈夫的遗产，她从来就没有想到要离开它。

"我来向您告别了，"华盛顿对母亲说道，"只要国家给我空闲，我就会来弗吉尼亚陪伴您。"

母亲回答道："如果你太忙，就别再看我了。去吧，我的好乔治，你要永远做好事。"

她久久地搂着泪水满面的儿子，心中默默地为儿子祝福着。

不久，华盛顿的母亲离开了人世。她咽气前喃喃地祈祷着："上帝啊，我把与祖国命运相关的儿子托付给您了。"

后来，美国为这位养育了英雄的母亲立了一个纪念碑，上面刻着这样几个字：

"玛丽，华盛顿之母。"

美国总统艾森豪威尔的母亲也是一位伟大的母亲。

有一天，艾森豪威尔同家人在一起打牌。当然，那时他距总统的位置还很遥远。他的手气特别不好，连连出现败局。他一再抱怨，一边摸牌，一边摇头叹气。

这时，他的母亲把手中的牌摊在了桌子上，没有言语，缓慢地站了起来，注视着儿子。艾森豪威尔莫名其妙地看着母亲，这时只听母亲郑重地说道：“孩子，你今天的手气的确不好，但你要记住，支配你一生的不是运气；不管你将来有什么牌，你一定要用自己手中所拥有的，争取最好的结局。”

从此以后，艾森豪威尔牢牢记住了母亲的教诲。在他功成名就之后曾这样说过：母亲的这句话，是让他恪守终生的人生重要信条之一。因为人只要活着，就不会一无所有，最起码拥有生命。如果将拥有的生命发挥到最佳状态，将可以利用的一切发挥到极至，那么成功将指日可待。勇敢的人开拓着自己的命运之路，每个人都可以是自己命运的开拓者。

其实，几乎用伟大来形容每一位母亲，都是当之无愧和恰如其分的。母亲是孩子心中的上帝，是孩子的第一所学校，是孩子未来命运的创造者。母亲对孩子的教育，不仅是关系到孩子命运的大事，而且也是关系到民族、社会、国家和人类命运的大事。母亲那推动着摇篮的手，推动着整个世界。

成功的公式

爱因斯坦在《自述片断》中写道："A 代表成功，X 代表艰苦的工作，Y 代表休息，Z 代表少说费话。于是得到这样一个关于成功的公式：A=X+Y+Z。"在爱因斯坦的成功公式中，最为强调的是艰苦的工作。

卡耐基在论成功时形象化地说，烹调"成功"的秘方是把"抱负"放到"努力"的锅中，用"坚韧"的小火炖熟，再加上"判断"做调味料。于是得到这样一个关于成功的公式：成功 = 努力 + 抱负 + 坚韧 + 判断。在卡耐基的成功公式中，最为强调的是努力。

季羡林回顾七八十年之经验，认为决定成功的有三个条件，即天资、勤奋和机遇。他对这三个条件进行了这样的分析，天资是由"天"来决定的，我们无能为力。机遇是不期而至的，我们也无能为力。只有勤奋一项完全是我们自己决定的，我们必须在这一项上狠下功夫。于是得到这样一个关于成功的公式：成功 = 勤奋 + 天资 + 机遇。在季羡林的成功公式中，最为强调的是勤奋。

"疯狂英语"的创始人李阳这样总结成功的秘诀：凡事比别人多一点点！多一点努力，多一点自律，多一点实践，多一点疯狂……多一点点就能创造奇迹！成功的秘诀原来就是四个简单的字“多一点点”。于是得到这样一个关于成功的公式：成功 = 多一点努力 + 多一点自律 + 多一点实践 + 多一点疯狂……在李阳的成功公式中，最为强调的是多一点努力。

看来，尽管他们对成功公式的表述有所不同，但对决定成功的根本条件的认识却完全一致：成功主要是来自多工作，多勤奋，多努力。

看一个人的心术，可以看他的眼神；看一个人的身价，可以看他的对手；看一个人的底牌，可以看他的朋友；看一个人的成功，可以看他的汗水。成功就是百分之九十九的汗水加百分之一的灵感，或者加百分之一的其他。

首相与小孩

英国前首相威尔逊与一个小孩有过一件趣事。

有一天，威尔逊为了推行其政策，在一个广场上举行公开演说。当时广场上聚集了数千人，突然从听众中扔来一个鸡蛋，正好打中他的脸，安保人员马上下去搜寻闹事者，结果发现扔鸡蛋的是一个小孩。威尔逊得知后，先是指示属下放走小孩，后来马上又叫住了小孩，并当众叫助手记录下小孩的名字、家里的电话与地址。

台下听众猜想威尔逊是不是要处罚小孩，于是开始骚乱起来。这时威尔逊要求会场安静，并对大家说："我的人生哲学是要在对方的错误中，去发现我的责任。方才那位小朋友用鸡蛋打我，这种行为是很不礼貌的。虽然他的行为不对，但是身为大英帝国的首相，我有责任为国家储备人才。那位小朋友从下面那么远的地方，能够将鸡蛋扔得这么准，证明他可能是一个很好的人才，所以我要将他的名字记下来，以便让体育大臣注意栽培他，使其将来能成为我国的棒球选手，为国效力。"威尔逊的一席话，把听众都说乐了，演说的场面也更加融洽。

也许有人会说，威尔逊是小题大做，故弄玄虚。但不管怎么说，他懂得从别人的过错中发掘长处，积极寻找具有建设性的建议，不仅让不愉快的事情随风而逝，而且还将坏事化为好事，帮助自己摆脱尴尬的境地。抛开其他而不论，多数听众认为，威尔逊对待小孩的趣事，还是幽默与可贵的。

美国前总统里根与一个小孩也有过一件趣事。

1983 年 11 月 1 日，里根总统的办公室里请进了一位小客人。他叫比利，只有 7 岁。比利患了一种绝症，医生说他不会活过 10 岁的生日。但当时小比利心中却有一个美好的梦想——当美国总统。

里根总统得知此事后，决定让小比利当一天临时的美国总统，而自己则做这位“小总统”的助手。

里根向“小总统”详细介绍了日常工作和职务范围，随后就忠实地侍候在小比利的身边。部下呈上的文件，“小总统”都请里根参加讨论，取得一致意见后请里根代签并盖章。

在办公之余，里根与“小总统”进行了友好的交谈。里根告诉比利，他自己 7 岁时，只梦想成为一名消防队长，还未曾想到过当总统。小比利听到这些很高兴，当然更让他高兴的是他终于“实现”了他的总统梦。

也许有人会说，里根是收买人心。但不管怎么说，他深知怎样与小人物相处，绝不会轻蔑、压制小人物。抛开其他而不论，多数人认为，里根对待小孩的趣事，也能显示出他的非凡之处。

美国总统克林顿与一个小孩也有过一件趣事。

有一天，克林顿到医院探视病人，有一位小孩突然钻到他的身边。这个小孩不断地看着克林顿先生，什么话都不说。

就这样沉默了几秒钟之后，克林顿首先开口：“你有什么话要跟我说吗？”

“我想要你的签名！”小孩用洪亮的声音说。

克林顿情不自禁地露出微笑，拿起名片，很快地写上名字，正要交给小孩时，小孩又要求说：“我可以要四张吗？”

克林顿一脸笑意：“为什么要这么多张？一张不够用吗？”

小孩回答他：“我要用三张你的签名去换迈克·乔丹的一张签名照，至于剩下的一张，我会妥善地收藏起来。”

克林顿总统并没有因此而不高兴，他接连拿出三张名片，都签上了名字，同时开朗地说：“我有一个疼爱的侄子，最喜欢迈克·乔丹，改天有空我也要帮他去换一张迈克·乔丹的签名照。”

也许有人会说，克林顿有绯闻，爱做秀。但不管怎么说，他深知应该对孩子有爱心，应该满足一个孩子的要求。抛开其他而不论，多数人认为，克林顿对待小孩子的趣事，还是能让人感到平易近人的愉快。

高山离人们越近，就越显得高不可攀。真正明智的大人物，大概并没有这种高山的近距离效应。

希望的力量

在马来西亚的一个国际心理学会议上，一位英国心理学家介绍了他做过的大白鼠求生实验。

将两只强壮的大白鼠丢入一个装了水的器皿中，它们拼命地挣扎求生，能维持的时间为 8 分钟左右。

然后，将另外两只不太强壮的大白鼠丢入同一个装了水的器皿中，它们也拼命地挣扎求生，但体能较差，能维持的时间为 5 分钟左右。

但是，当眼看这两只不太强壮的大白鼠奄奄一息的时候，立刻放入一个可以让它们爬出器皿的跳板，结果这两只大白鼠都活了下来。

若干天后，再将这两只大难不死的大白鼠放入同样的器皿里做同样的实验，结果真的令人吃惊：两只大白鼠竟然可以坚持到 24 分钟，比最初能坚持的时间多了 19 分钟，接近原来的 5 倍。也是在这两只大白鼠奄奄一息的时候，又立刻放入一个可以让它们爬出器皿的跳板，结果这两只大白鼠又都活了下来。

人们不禁会问：“同样是这两只大白鼠，为什么大难不死之前只能坚持 5 分钟，而大难不死之后竟能坚持 24 分钟？”

这位心理学家解释说：“因为这两只大白鼠在没有逃生经验之前，只能凭自己的体力来挣扎求生，而有了逃生经验之后，大白鼠却多了一种精神的力量，希望在某一时刻放下来一个跳板能再次救它们出去。它们的这种精神力量，这种积极的心态，这种内心对一个好结果的希望，正是它们能够坚持更长时间的根本原因。”

希望不仅能使濒临绝境的大白鼠起死回生，而且也能使濒临绝境的人起死回生。请想一想，是什么力量使一个因船难而落水的水手，在看不到陆地的情况下，赤手空拳地在海洋里挣扎？是希望，是对生存的希望，是只要有一口气就抱有的希望。如果没有了希望，也就没有了奋斗、坚持和拼搏。希望之灯一旦熄灭，生活将变成一片黑暗。希望是生命的灵魂，是心灵的灯塔，是成功的向导，是支撑一切的精神力量。

生命如花

有一个少年，认为自己最大的弱点是胆小。为此，他很自卑。父母带着他去看心理医生。医生耐心地听完介绍，握住他的手，非常肯定地说："你只不过非常谨慎罢了，这显然是个优点嘛。怎么能叫弱点呢？谨慎的人总是很可靠，总是很少出乱子。"

少年有些疑惑："那么，勇敢反倒成为弱点了？"

医生摇摇头："不，谨慎是一种优点，勇敢是另一种优点。只不过人们通常更重视勇敢这种优点罢了，就好像白银与黄金相比，人们往往更注重黄金一样。"

医生问："你喜欢啰唆的人吗？"

少年说："不喜欢。"

医生说："但是，你若看过巴尔扎克的小说，就会发现这位伟大的作家很啰唆，常为一间屋子、一个小景色，婆婆妈妈地讲个不休。但是，如果没有了细致入微的描写，那也就不是巴尔扎克的小说了。你能说那是巴尔扎克的弱点吗？"

少年笑了。

医生问："你讨厌酒鬼吗？"

少年说："当然。"

医生问："那你讨厌李白吗？"

少年说："当然不。"

医生问："难道李白不是酒鬼吗？"

少年纠正医生的话："不对，李白不是酒鬼，而是爱喝酒的诗人，他能斗酒诗百篇呢。"

医生笑道："对，我赞同你的观点，弱点在不同的人身上，会呈现不同的色彩：有的喝酒人，仅仅是个酒鬼；而李白则是酒中的诗仙。"

医生又说："天底下没有绝对的弱点。所谓的弱点，在一定条件下也可能成为优点。如果你是战士，胆小显然是弱点；如果你是司机，胆小肯定是优点。"

弱点与优点相通，并能相互转化，这虽然是心理医生对男孩的开导或安慰，但也有确凿的科学依据。

有一位外科医生，在多年的临床实践中发现了一连串奇怪的现象：患心瓣堵塞症的患者，心脏奇迹般地增大，好像是在努力改变心脏存在的缺陷；肾病患者若摘去了左肾，那么他的右肾的生命力往往十分强盛。另外，耳朵、眼睛和肺等器官，也莫不如此。

用积极的态度对待自己的弱点，有一个极其重要的作用，就是能产生一种弥补的心理，产生一种开发潜能、超越自我的强大动力。比如世界文化史上的三大怪才就是这方面的卓越典范：文学家弥尔顿是瞎子，大音乐家贝多芬是聋子，天才的小提琴演奏家帕格尼是哑巴。此外还有很多，比如罗伯特·巴乔虽然不是老师的好学生，却是世界杯赛场上举世瞩目的精灵。

生命如花。每个人的生命都像一朵花，尽管不可能是完美无缺的一朵花。有的像艳花，有的像香花，有的像艳而香的花。艳花大多不香，香花大多不艳，艳而香的花大多有刺。只要艳者取其艳，容其不香；香者取其香，容其不艳；艳且香者取其艳香，容其有刺，每个人的生命都可能成为最灿烂、最精彩、最具特色的一朵花。

梦想如鸡蛋

安东尼·吉娜是美国纽约百老汇极负盛名的演员。不久前她在美国电视台著名的脱口秀节目《快乐说》中，讲述了自己成功路上最难忘的一段经历。

在大学读书时，吉娜是学校艺术团的歌剧演员，参加了一次校际演讲比赛。她演讲的题目是《璀璨的梦想》。她在演讲中说："大学毕业以后，先去欧洲旅游一年，增加自己的阅历，然后到纽约百老汇发展，实现自己成为一名优秀演员的梦想……"她声情并茂的演讲，卓而不凡的风度，赢得了所有师生的多次喝彩，并一举夺魁。

当天下午，吉娜的心理学老师找到她，对她说："你是一个很有才华、很有发展潜力的学生。"紧接着就提了一个尖锐的问题："你现在就去百老汇，跟毕业一年以后去究竟有什么差别？"

吉娜仔细一想："是呀，大学生活并不能帮我争取到在百老汇的工作机会。应该先去试一试，即使失败了，我还可以返回学校继续学习。"于是，吉娜决定一年之后就去百老汇闯荡，而不是等到毕业一年以后再去。

这时，老师又问道："你现在就去跟一年以后去究竟有什么不同？”

吉娜思考了一会儿，对老师说：“那下学期就出发。”

老师紧追不舍地问：“你现在就去跟下学期去究竟有什么不一样？”

吉娜简直有些眩晕了，想想百老汇金碧辉煌的舞台，想想在睡梦中萦绕不绝的红舞鞋……她终于决定下个月就前往百老汇。

老师乘胜追击地问：“你现在就去跟一个月以后去究竟有什么两样？”

吉娜激动不已，也情不自禁地说：“好，给我一个星期的时间准备一下，我很快就出发。”

老师步步紧逼：“所有的生活用品在百老汇都能买到，你现在就去跟一个星期以后去究竟有什么区别？”

吉娜终于热泪盈眶地说：“好，我明天就去。”

老师赞许地点点头，说：“好！我已经帮你订好了明天的机票。有个朋友告诉我，百老汇正在招聘演员，你不要错过这次机会。”同时，老师还送给她一个精美的笔记本，并在扉页上写下了一段赠言。

第二天，吉娜就飞赴全世界最著名的艺术殿堂——美国百老汇。正如老师告诉她的那样，百老汇的一个制片人正在酝酿一部经典剧目，各国几百名艺术家踊跃应聘主角。按当时的应聘规矩，先挑出十个左右的候选人，然后让他们每人按剧本的要求表演一段主角的念白。这就意味着只有经过两轮艰苦角逐之后的优胜者，才能从几百名各国艺术家中脱颖而出。

吉娜到了纽约后，没有急于去漂染头发，也没有去购买靓衫，而是费尽周折从一个化妆师手里搞到了即将排演的剧本。然后，她闭门苦读，悄悄演练。

正式面试那天，吉娜是第 48 个出场。当制片人要她说说自己的表演经历时，她粲然一笑，说：“我可以给您表演一段原来在学校排演过的剧目吗？就一分钟。”制片人首肯了，大概是不愿让这个热爱艺术的青年失望。

当制片人发现吉娜是在表演剧本中女主角的念白时，不禁惊呆了。她的表演是那样的投入与真挚，是那样的惟妙惟肖。制片人当机立断，一锤定音：结束面试，主角非吉娜莫属。就这样，她穿上了人生的第一双红舞鞋。

电视台的节目主持人在结束《快乐说》之前，向观众展示了吉娜珍藏多年的笔记本，就是心理学老师在她到百老汇之前送给她的那个精美笔记本，并朗读了老师在扉页上写下的赠言：

“在出发之前，梦想永远只是梦想。只有上了路，梦想才会变成挑战。也只有经过挑战，梦想才会实现。如果说梦想是可贵的，那么不失时机地挑战梦想就更可贵。梦想如鸡蛋，如果不及时孵化，就会腐败变臭。”

生命的价值

以前，查阅资料时看到了这样一个信息：一些科学家通过研究证明，人体是由几十种不同的化学元素构成的。如果将这些化学元素提取出来，制成日用品，一个普通人的脂肪仅能制成十来块肥皂，磷仅能制成 2200 根火柴，铁仅能制成一根 1 寸左右长的铁钉。除此之外，还可制成 20 磅焦炭，1 英两金属，1 小匙硫黄，以及粉刷一个小房间的石灰。就是说，一个重约 70 公斤的人体，也就能值 150 美元左右。从这种角度看，人的身体是很廉价的。

但这只是研究人体价值的一个侧面，人体价值还有更值得重视的另一个侧面。

最近，在网上看到了这样一个信息："2005 年，天津市第一中心医院的肝脏移植手术费用，已经超过了 4 万美元，约合当时的人民币 33 万元。"从这个角度看，人的身体又是很昂贵的。

上面这两条信息，可以引起人们对人体价值和人生价值的许多思考。

假如一个人失去了视力，得需要付出多少钱才能重见光明？

假如一个人失去了听力，得需要付出多少钱才能重听声响？

假如一个人失去了说话的能力，得需要付出多少钱才能欢声笑语？

假如一个人失去了双腿，得需要付出多少钱才能健步如飞？

假如一个人失去了双臂，得需要付出多少钱才能拥抱自己的亲人？

假如一个人失去了所有的记忆，得需要付出多少钱才能把美好的往事想起？

假如一个人失去了健康的心脏，得需要付出多少钱才能恢复生命的动力？

假如一个人失去了自理的能力，得需要付出多少钱才能随心所欲？

假如一个人失去了至爱的亲人，得需要付出多少钱才能重新团聚？

假如我们现在还拥有健全人的一切，或者是拥有健全人的许多，难道我们不是一个极富有的人吗？

假如我们现在还拥有健全人的一切，或者还拥有健全人的许多，我们是否已经做到了倍加珍惜？

假如每个人都是比尔·盖茨一样的世界首富，花钱就一定能换回无价的生命吗？

假如我们每个人都是拿破仑，几乎拥有了许多人所追求和向往的荣耀、权力和财富，是否也会沮丧地抱怨："我这一生从来没有过一天快乐的日子。"

假如我们每个人都是海伦·凯勒，又瞎、又聋、又哑，是否也会由衷地赞叹："我发现生命是这样的美好。"

怎样才能使人的一生更有价值呢？

奥斯特洛夫斯基有一段名言，可以说既概括又精彩地回答这个问题：

"人最宝贵的是生命。生命对于人只有一次。人的一生应当是这样度过的：当回忆往事的时候，不会因虚度年华而悔恨，也不会因碌碌无为而羞愧；这样在临死的时候，他能够说：'我的整个生命和全部精力，都已经献给了世界上最壮丽的事业——为人类的解放而斗争。'"

心脏的风格

人的心脏是推动血液循环的器官。它秀外慧中，有灵巧精致的结构，各部位都能协调动作，尤其是心房心室的收缩与舒张，就如同行云流水一样的和谐与柔美。在完成同样工作量的情况下，它所消耗的能量极少，几乎比任何人造的机器耗能都要少。

古今中外的人们，几乎无一例外地推崇和赞美心脏，将其视为生命、情感和智慧的象征。人们对心脏的推崇和赞美并不只是对其秀外慧中的精致结构，而是多方面的，特别是对其奉献、灵活和原则的工作风格。

奉献，是心脏工作风格的一大显著特征。

心脏的重量约 300 克，虽然还不到人体重量的 0.5%，但它勤勤恳恳、兢兢业业、不知疲倦、不分日夜地埋头苦干，其工作量是极其惊人的。以正常人为例，每分钟心跳 70 次上下。每一次心跳为 0.9 秒，其中工作的收缩期为 0.3 秒，休息的舒张期为 0.6 秒，即 1/3 的时间工作，2/3 的时间休息，相当于我们的 8 小时工作制。它每跳一次搏出的血液约 70 毫升，每分钟搏出的血液约 5 升，每天搏出的血液约 7 吨，相当于心脏自身重量的 2 万余倍。科学家曾有过计算：如果推算一个人的心脏一生泵血所做的功，大约相当于将 3 万公斤重的物体向上举到喜马拉雅山顶峰所做的功。由此可见，心脏所做的奉献几乎是不可想象的天文数字！

灵活，是心脏工作风格的另一大显著特征。

人在夜间入睡的时候，心跳变慢，每分钟为 50 次上下。这时每一次心跳为 1.2 秒，收缩期还是 0.3 秒，舒张期为成 0.9 秒，也就是1/4 的时间工作，3/4 的时间休息。经过心脏的巧妙调整，白天的 8 小时工作制变成了夜间的 6 小时工作制。它抓紧时间休息，从不拖泥带水、浪费体力，更不颠倒日夜打乱规律。

但是，当人激烈运动或遇到紧急情况时，心脏立即就能果断决定，根据需要将心跳加快到每分钟 150 次，甚至更多。这时每次心跳才 0.4 秒，收缩期 0.2 秒，舒张期 0.2 秒，即相当于 12 小时工作制。心脏在应急时刻竭尽全力，毫无怨言，表现出特别能战斗的自觉性和主动性。

原则，是心脏工作风格的又一大显著特征。

心脏坚持追求劳逸结合、适中适度、自然和谐的完美境界。心脏再忙也要坚持休息，可以少休息，但不能不休息。心脏绝不蛮干，绝不接受“不准休息”的指令，因为不吃不喝、不眠不睡，就等于死亡。如果指令过早发出，心脏未能充分休息就提前工作，就会出现临床上的“早搏”。如果有一支冠状动脉狭窄超过 70%，供血出现明显减少时，心脏马上会负责地发出警告信号——“心绞痛”，提醒人们赶紧采取措施补救，不然就可能出现危险。

推崇和赞美心脏工作风格的最好方式，莫过于向它学习，就是像心脏那样乐于奉献，像心脏那样机动灵活，像心脏那样坚持原则，像心脏那样智慧地生活和工作。

第七辑

人格是命运的保护神

人格是命运的保护神

1970年12月6日，波兰的首都华沙寒气逼人。来访的联邦德国总理勃兰特向华沙无名烈士墓献完花圈之后，来到华沙犹太人殉难者纪念碑前的广场。突然，他双膝着地，跪在了纪念碑前！他是向二战中被德国纳粹屠杀的510万犹太人表示沉痛哀悼，为纳粹时代德国所犯下的罪孽深感负疚，虔诚地认罪赎罪。勃兰特此举震惊了世界，尤其震撼了德国人的灵魂。当时的民意调查显示，有80%的德国人非常赞赏此举，认为这种出乎意料的方式更充分地表达了德国人悔罪的诚意。此举也赢得了波兰人民的理解和信任，认为它为“结束一段充满痛楚与牺牲的罪恶历史”迈出了重要的一步。1971年的诺贝尔和平奖授予了勃兰特。

1976年1月8日，周恩来逝世。9日凌晨5点，联合国总部大厅的联合国大旗降了半旗，所有联合国会员国的国旗，都不升起。这在联合国从无先例。因此，有的国家大使提质问：“我们国家的元首去世，联合国大旗依然升得那么高，中国的第二首脑去世，联合国降半旗还不算，还把其他国家的国旗收起来，这是为什么？”当时的联合国秘书长瓦尔德海姆说：“为了悼念周恩来，联合国下半旗，这是我的决定。原因有二：第一，中国是个文明古国，她的金银财宝多得不计其数。可是她的总理周恩来在国际银行没有一分钱的存款！第二，中国有10亿人口，可是她的总理周恩来没有一个孩子！你们任何一个国家元首，如能做到其中一

条，在他去世时，总部也可以为他降半旗。”全场人默然。

阿根廷政府最近作出一项特别决定，向在第二次世界大战期间做出过重要贡献的辛德勒遗孀埃米莉·辛德勒夫人每月提供1000美元的生活补贴，以使这位老人安度晚年。埃米莉·辛德勒夫人在第二次世界大战期间，曾与丈夫一起冒着生命危险从德国法西斯集中营里救出1200名犹太难民。他们的这段传奇经历，后来被美国导演斯皮尔伯格搬上银幕。电影《辛德勒的名单》真实成功地记录下了这段历史，荣获奥斯卡大奖，辛德勒夫妇的事迹也因此被世人广泛传颂。二战结束后，辛德勒夫妇于1949年来到阿根廷首都布宜诺斯艾利斯的圣维森特区定居。1974年丈夫去世后，独居此地的埃米莉因缺少收入来源，经济开始拮据，生活困难。阿根廷的内政部长科拉奇在总统府接见了埃米莉·辛德勒夫人，并向她宣布了这项由梅内姆总统特批的决定。

在重大的历史事件面前，在尖锐的意见分歧面前，在衰老的生存困难面前，是什么有如神助的力量保护了人的命运？甚至保护了民族、保护了国家的命运？是什么有如神助的力量使不同语言、不同肤色、不同民族、不同国家的人民消除隔阂、形成统一的思想和意志？是善良的力量，是正义的力量，是进步的力量，是推动历史车轮向前发展的人民群众的力量。而人格的力量，就是这些力量的集中体现。人格是个人的道德品质，也是个人的性格、气质、能力等特征的总和。不可否认，具有高尚人格的人也可能遭遇厄运和不幸。但是，具有高尚人格的人宁可遭遇厄运和不幸，也绝不会放弃高尚的人格，因为他们并不是为了得到回报才保持高尚的人格。积善多者，虽有一恶，是为失误，不足以亡。积恶多者，虽有一善，是为误中，不足以存。从历史的观点看，从发展的观点看，从全局的观点看，高尚的人格无疑是命运的保护神。

没有高尚的人格，便没有高尚的事业。

没有高尚的人格，便没有高尚的命运。

伟人的身高与笔误

拿破仑个子不高，这是举世公认的事实。然而，在他就任法国皇帝期间，并不是每个人都承认这个不可置疑的事实。

有一天，《巴黎时报》记者采访了拿破仑之后，写下一篇人物通讯。其中有这么一句："他矮矮的身材似乎变得高大起来。"

稿子送到通讯组组长手里，他斟酌良久，提笔删掉"矮矮"两个字，变成了"他的身材似乎变得高大起来"。

稿子又送到报社总编手里，他深思半晌，挥笔改成"他身材高大"。

稿子见报后，记者提出抗议："你们歪曲了事实！"

通讯组长理直气壮地说："我在你原稿的基础上删掉几个字，使之更加精炼了，怎么是歪曲事实？"

总编辩解道："我不但没有歪曲事实，恰恰相反，是正视事实——正视拿破仑是皇帝这个事实！"

拿破仑本人看了报纸的通讯后，把记者找去问道："你怎么把我写成'身材高大'呢？应该按照我本来的面貌写嘛！"

记者摊开双手说："陛下，按你本来的面貌来写，眼下根本不可能！"

"那什么时候才可能呢？"

“等你下台以后，陛下。”

阿谀奉承就像世界通行的货币。这里还有一个斯大林笔误的故事，与拿破仑身高的故事很相似。

斯大林曾对高尔基的《姑娘与死神》一书写过这样的批语：“这本书写的比歌德的《浮士德》还要强有力。爱情战胜死亡。”批语上落有“约·斯大林”的签名。

智者千虑，难免一失。这一批语中“爱情”一词的俄文拼写少了末尾的一个字母。于是，冒出两位自以为是的学者在报纸上撰文，论证为什么“爱情”的拼写会少一个字母。他俩盲目武断标新立异地说：“世界上存在着腐朽没落的资产阶级爱情以及新生健康的无产阶级爱情，两个爱情截然不同，拼写岂能一样？”

这篇文章的清样出来后，编辑为了防止万一，觉得还是让斯大林亲自过目一下稳妥。

斯大林看了以后，又做了一个批语：“笨蛋，此系笔误！约·斯大林”

身为伟人的拿破仑和斯大林能承认自己的缺点，是极其难能可贵的，因为爱听好话是人根深蒂固的本性。人常把对自己赞美的声音视为最悦耳的声音，何况他们整天生活在无休止的赞美声中。人的眼睛长于察别人，却短于察自己。有时侯，似乎也有人讨厌奉承，但那常常是讨厌奉承的方式。人既贵有自知之明，又难有自知之明。

拍马是为了骑马。逢迎不用花钱，但很多人特别是手握大权的人，往往会给逢迎者以恩惠。谄媚虽没有牙齿，但乐于接受的人连骨头都会被啃光。

德是才之帅

就是在这次高考，一位朋友的孩子做了一件令人后悔莫及的蠢事：他因违反考场纪律而被作废了两张试卷。以他平时的学习基础和实力，考上一所一般大学是完全没有问题的，结果却遗憾地落榜了。于是，他父亲给他讲了下面的两件事。

那是1887年，在一家小小的杂货店，一个年过六旬、外表高贵的绅士来到杂货店购买水仙花。他取出一张20美元的纸钞票，交款后等着找钱。店员接过钱后，准备给他找钱。她的手因整理水仙花而湿淋淋的，她突然发现纸钞上掉色的墨水滴落到了她的手上。

店员感到很震惊，并且停下来考虑该怎么办才好。她内心斗争了片刻，很快就做了决定。这位顾客叫爱曼纽·宁格，是一位老朋友、老邻居和老顾客。店员觉得他大概不会给自己一张伪钞，所以就找钱让他离开了。

在当时，对于一个店员来说，20美元毕竟不是一个小数目，她思之再三，最后还是把钱交给警方进行了鉴定。有一位警察认为这并非伪钞，而其他的警察则对颜色为什么会被擦掉感到困惑。在责任感的驱使下，他们开展了调查，结果在宁格先生家的阁楼里发现了制作美元的设备，发现了一张正在制作的20美元钞票，还发现了宁格先生画的三张肖像画。

宁格先生是一位很优秀的画家，他的造诣颇深，能用手绘制那些20美元的钞票。他的一笔一画，鬼斧神工地画出这种能蒙过

众人的伪钞。但真的假不了，假的也真不了。这位店员的湿手识破了伪钞，使其真相败露。

宁格先生被捕后，那三张肖像画的公开拍卖款是1.5万美元。令人难以理解的是，他用来画一张20美元钞票所花的时间，跟画一张价值5000美元的肖像画所需的时间几乎是相同的。有充分的证据说明，宁格先生这位聪明而又有天分的画家竟成为一个伪钞的制作者。其实，损失最惨重的人正是宁格先生本人。如果他能合法地出售他的才华，不仅会成为很富有的人，而且也会给别人带来很多喜悦与利益。

无独有偶。贝利是20世纪20年代许多人都知道的珠宝大盗。他偷窃的对象，都是有钱有地位的上流人士。他还是位艺术品鉴赏家，所以有“绅士大盗”之称。贝利因偷窃被捕，被判刑18年。

出狱后，各地的记者纷纷前来采访他。其中有位记者问了一个有趣的问题：“贝利先生，你曾偷了许多有钱人家的珠宝，我想知道，蒙受最大损失的人是谁？”

贝利不假思索地说：“是我。”

记者们哗然。贝利接着解释说：“以我的才能，我应该能成为一个成功的商人、华尔街的大亨，或是对社会很有贡献的一分子；但我不幸选择做了盗贼，成了一个向自己偷窃东西最多的人。各位都知道，我生命中四分之一的时间，是在监狱里消耗掉的。”他试图以偷盗暴富，然而最大的失主却是自己。

才者，德之资也；德者，才之帅也。品德常能填补才华的缺陷，而才华却很难填补品德的缺陷。没有伟大的品德，就没有伟大艺术家，就没有伟大的人。才华与品德好比同一辆车子的两个轮子，但品德比才华更重要。

那些以为才华比品德更重要的人，往往会失掉自己的才华。才华离开了品德的统帅，就如盲人骑瞎马，夜半临深池。把才华用于正路，则才华越多越好；把才华用于邪路，则才华越多越糟。最能使一个才华横溢的人毁掉的力量，不是别人，而是其自己。

第一等学问

东汉时期，京城洛阳太学府是传授儒家经典的最高学府。学府里专事教学和解答疑问的人，各个都是饱学之士，其官职都被称为博士。

某年春节，太学府里一派喜庆气氛。博士们正忙着张灯结彩，装点校园，随时准备恭迎诏书。

太学府外面锣鼓喧天，显然是皇上派人来为博士们祝贺节日来了。来人宣读了诏书，博士们高呼“万岁”谢恩。诏书上说，皇上为了让博士们欢度春节，特意赐给博士们每人一只羊。

羊都被赶来了，但是大小不等，肥瘦不一。这可如何分发呢？太学府的长官们为此犯了难。

有人主张把羊统统宰杀之后分肉，肥瘦搭配，每人一份。有人嫌这样太麻烦，也显得不够大度，便提出用抓阄的方法，大小肥瘦，全凭自己的运气碰，抓住小的瘦的，也怨不着别人。又有人觉得宰了分肉和抓阄的办法也不尽合理，但又拿不出好主意。大家七嘴八舌地议论了一阵，仍然没有商量出一个十全十美的好办法。

就在这举棋未定之时，一向少言寡语的博士甄宇站起来说：“还是一人牵一只吧，也不用抓阄，我先牵一只。”

大家的目光都齐刷刷地望着甄宇，只见他走近羊群，左瞅瞅，右看看。此时，有人心里犯了嘀咕：这家伙肯定要挑一只又大又肥的。要是都争先把大羊牵走了，剩下的小羊给谁呀？甄宇瞅了一会儿，径直走到一只又小又瘦的羊前，牵了就走。

恭可释怒，让可息争。争之不足，让之有余。这样一来，那些不计较的博士也像甄宇一样，牵了只小羊便走；就是想计较的博士也不好意思争执了，反而你谦我让，每个人都高高兴兴地牵着一只羊回家去了。

这件事情后来传遍了洛阳，人们纷纷赞扬甄宇，还给他起了个绰号，叫“瘦羊博士”。

人们都夸“瘦羊博士”有第一等学问，可什么才是真正的第一等学问？吕坤在《呻吟语》中说得简洁而中肯：“肯替别人想，是第一等学问。”

盘点心灵

心灵可以盘点吗？当然可以。

有盘点心灵的人吗？确实有。

美国杰出的文学家、思想家和科学家富兰克林，就是一个善于盘点心灵的人。这位事业上的成功者早年在一家印刷厂当学徒，是一位胸怀大志的年轻人。为了获得成功，实现自己的理想，他给自己拟定了一种“美德反省表”。表中列出了他应遵守的具体美德：节制、严谨、勤奋、果断、节俭、诚实、大度、公正、缄默、整洁、沉着、谦虚和廉洁，共有 13 种。

每天晚上临睡前，富兰克林都要按“美德反省表”对照检查自己的言行，反思有没有做到这 13 项美德的要求。如果其中哪一项做到了，他就在这一项的下面画上一颗红星，以便鼓励自己坚持做好。如果其中哪一项未能做到，他就在这一项的下面画上一颗黑星，以便提醒自己尽快改正。就这样，富兰克林严格要求自己，保持优点，克服缺点，日臻完善，终于从一个印刷厂的学徒成长为一个对人类的进步事业做出了重大贡献的人。

过去，西藏有一位叫潘公杰的高僧，也是一个善于盘点心灵的人。他每天打坐，在面前放黑白两堆小石子，来辨识善念恶念。善念出现时，拿一颗白石子放在一边；恶念出现时，取黑石子放在另一边。

佛法中的善念是利益大众，恶念则不简单指杀人越货。在脑中转瞬即逝的非分享乐之念，以及贪慕、嫉妒、嗔恼等，都可称之恶念。而欺诈、偷盗等，更是罪不容赦了。

潘公杰大师在黑白石子中辨识善恶二念，到晚上检点。开始时黑石子多。他掴自己的耳光，甚至痛哭自责，你在苦海里轮回，还不知悔过么？30多年之后，潘公杰面前全变成白石子了，大师修成菩提道。

我们是凡人，大概很难达到富兰克林与高僧的那种至纯境界。但是，无论对谁来说，盘点心灵的过程，都是接近真善美的过程，都是远离假恶丑的过程，都是坚持自我完善的过程，都是走向成功的过程。

所谓成功的人，并不一定非得是高官厚禄的人，并不一定非得是功成名就的人，并不一定非得是轰轰烈烈的人，并不一定非得是可歌可泣的人。因为一个人的能力有大小，机遇有好坏。

所谓成功的人，对于绝大多数人而言，就是今天比昨天更智慧的人，今天比昨天更慈悲的人，今天比昨天更宽容的人，今天比昨天更懂得爱的人，今天比昨天更懂得美的人；也就是今天比昨天进步一点，心灵和行为日趋高尚的人。

守时就是信誉

1779年，德国哲学家康德计划到一个名叫珀芬的小镇，去拜访老朋友威廉·彼特斯。康德动身前曾写信给彼特斯，说自己将于3月2日上午11点钟之前到达。

康德3月1日就赶到了珀芬小镇，第二天早上租了一辆马车前往彼特斯的家。老朋友的家住在离小镇12英里远的一个农场里，小镇和农场中间隔了一条河。当马车来到河边时，细心的车夫说："先生，实在对不起，不能再往前走了，因为桥坏了，很危险。"

康德下了马车，看了看桥，中间的确已经断裂了。河面虽然不宽，但水很深，而且结了冰。

"附近还有别的桥吗？"康德焦虑地问。

车夫回答说："有，先生。在上游6英里远的地方还有一座桥。"

康德看了一眼怀表，已经9点半了。

"如果赶那座桥，我们以平常速度什么时候可以到达农场？"

"我想大概得12点钟。"

康德又问："如果我们经过面前这座桥，以最快速度什么时间能到达？"

车夫回答说："最快也得用40分钟。"

康德跑到河边的一座很破旧的农舍里，客气地向主人打听道：

“请问你的这间房子要多少钱才肯出售？”

农妇大吃一惊：“您想买如此简陋的破房子，这究竟是为什么？”

“不要问为什么，您愿意还是不愿意？”

“那就给200法郎吧！”

康德付了钱，说：“如果您能马上从破房上拆下几根长木头，20分钟内把桥修好，我将把房子还给您。”

农妇把两个儿子叫来，让他们按时修好了桥。

马车平安地过了桥，飞奔在乡间公路上，10点50分康德赶到了老朋友的家。

在门口迎候的彼特斯高兴地说：“亲爱的朋友，您可真守时啊！”

康德在与老朋友相会的日子里，根本没有对其提起为了守时而买房子、拆木头过河的经过。

后来，彼特斯在无意中听到那个农妇讲了此事，便很有感慨地给康德写了一封信。信中说道：“您太客气了，还是一如既往地守时。其实，老朋友之间的约会，晚一些时间倒是可以原谅的，何况您还遇到了意外。”

一向一丝不苟的康德，在给老朋友的回信中写了这样的一句话：“在我看来，无论是对老朋友，还是对陌生人，守时就是信誉。”

越谦和越接近高尚

黑格尔是学识渊博的德国大哲学家，也是极谦和的人。

对黑格尔来说，谦和已经成为一种习惯。那次朋友们聚会，一位朋友问他："您一贯谦和的习惯是怎么养成的呢？"

他没有直接回答，而是讲了小时候的一件事：

有一天上午，父亲邀他一同到林间漫步，他高兴地答应了。

父亲在一个弯道处停了下来，专心地听了一会儿，问黑格尔："孩子，除了小鸟的歌唱之外，你还听到了什么声音？"

他仔细地听了一会儿，自信地回答："我听到了马车的声音。"

父亲说："对，是一辆空马车。"

黑格尔惊讶地问父亲："我们都没看见，您怎么知道肯定是一辆空马车呢？"

父亲答道："从声音就能轻易地分辨出是不是空马车，因为马车越空，噪音就越大。"

从此以后，黑格尔将父亲的话牢记在心。每当要出现粗暴地打断别人说话苗头的时候，每当要出现自以为是、贬低别人苗头的时候，他都会想到父亲的提醒："马车越空，噪音就越大。"

托马斯·杰弗逊是美国的第三任总统，也是极谦和的人。

1785 年，他接替富兰克林出任驻法国大使。有一天，他去法

国外长的公寓拜访。

“您代替了富兰克林先生？”外长问。

杰弗逊回答说：“不，我是接替他，没有人能够代替得了富兰克林先生。”

外长不解地说：“在我看来，您和他都是美国建国时期的伟大人物。流传千古的《独立宣言》就是由您执笔，经富兰克林先生修改而成的。你们两个人双峰并峙，交相辉映，互相尊重，亲密合作，是分不出高低的。”

杰斐逊又回答说：“不，我代替不了他。富兰克林先生除在思想、政治领域之外，在其他领域也取得了巨大的成就。从这个意义上说，确实没有人可以代替得了他。”

这使我想到了泰戈尔的一句话：“伟人多谦虚，小人多骄傲。”

乔·路易是纵横拳坛、打败众多高手的美国著名拳王，也是极谦和的人。

有一天，他和朋友骑车一起外出，在路上被一辆货车刮倒了。货车司机怒气冲冲地跳下车，强词夺理地把他们痛骂了一顿。

等货车司机走了以后，朋友纳闷地问他：“你为什么不用拳头修理修理那个无理取闹的浑蛋？”

他微微一笑，幽默地说：“谦和基于力量，傲慢基于无能。如果有人侮辱了歌王卡罗索，你想一想，卡罗索会为他唱一首歌吗？”

乔·路易平时为人十分谦和，与赛场上的勇猛顽强判若两人，完全不同，被人誉为“谦和的拳王”。

谦和与高尚是近邻，谁越谦和，谁就越接近高尚。谦和像一件神奇的衣裳，谁穿上它，谁就会变得更加美丽。

母爱的种子没发芽

前不久，在北京市怀柔区进行了一次关于亲子教育的试验。试验是这样进行的：

在正式开始之前，主持人让所有的孩子和妈妈都戴上了眼罩。然后，让所有的孩子在黑暗中通过触摸每个妈妈的手来找出自己的妈妈。结果，有5个孩子没有找到自己的妈妈。当她们把眼罩摘掉后，这些妈妈和孩子都情不自禁地哭了。

后来，经过深入了解得知，那些找到自己妈妈的孩子，几乎都是妈妈首先感觉到是自己孩子的手，然后通过暗示帮助他们做到的。严格地说，没有一个孩子能通过触摸找到自己的妈妈。

试验并没有到此为止，而是继续进行。主持人让孩子和妈妈又都戴上了眼罩，然后，让所有的妈妈在黑暗中通过触摸每个孩子的手来找出自己的孩子。结果，所有的妈妈都认出了自己的孩子。

大家不禁要问："为什么孩子都不能顺利找到自己的妈妈，而妈妈却都能顺利找到自己的孩子呢？"

亲子教育试验结果公布后，媒体就这个问题展开了讨论，不少人踊跃参与，畅所欲言，各抒己见。

亲子训练营的首席导师孙女士指出："这个试验暴露出家庭教育爱的失衡，孩子只知道接受爱，不知道感觉爱，也不会付出爱，从而患上了无法感受爱的精神残疾，这样的家庭教育是有缺陷的。”

一位参与试验的白领母亲承认：“尽管母爱是人世间最神圣的感情，是既纯洁又美丽的感情，是不求索取和报答的爱，但非常遗憾，我们这些人的母爱，就像播种在孩子心田上没有发芽的种子。”

一位农民母亲说：“母爱的种子不怕埋没，但怕腐烂。长期被埋没的种子，不仅不能发芽，而且最后势必腐烂。”

一位下了岗的工人母亲十分悲痛地说：“孩子小还情有可原，要是大了之后还不懂得爱和尽孝，那就太可怕了。邻居家的一位父亲为了给上大学的孩子交学费，每年都卖血。可孩子却不好好学习，挥霍父亲卖血的钱去交女朋友、谈恋爱。”

一位教育专家说：“谁不会爱，谁就不能理解生活。母亲是孩子未来命运的创造者，要让孩子长大以后爱祖国，爱人民，爱人类，就必须让孩子从爱母亲开始，就必须让母爱的种子早日发芽，成长，开花，结果。”

选择宽容

唐代宗大历二年的一天，大将郭子仪的儿子郭暧与妻子开平公主吵架。冲动的郭暧口出狂言："你倚仗你父亲是皇帝，就觉得有什么了不起吗？我父亲还不愿意当皇帝呢！"

言者无意，听者有心。正在气头上的开平公主听后如火上浇油，立刻乘车赶回皇宫向父皇告状。

唐代宗听了开平公主的哭诉，不但没有为女儿撑腰，反而替郭暧说话："孩子，你有所不知，你公爹确实是不愿做皇帝。要不是这样的话，李氏的天下早就姓郭了。"

郭子仪听说这件事后气得浑身发抖，立刻命人将郭暧五花大绑，亲自带他到皇帝面前去请罪。

代宗皇帝见后，赶忙将郭子仪请到内宫，安慰道："俗话说，不痴不聋，难做大家庭的老翁。小夫妻俩在闺房里说的气话，你作为国家的重臣怎么能去追究呢？"一场犯上大祸，就这样无声无息了。

同唐代宗不计较郭暧的冒犯一样，宋太宗也巧妙地宽容了两位重臣的冒犯。

有一天，殿前都虞侯孔守正和另一位大臣王荣，同在北陪园侍奉宋太宗饮酒。当孔守正喝得酩酊大醉时，便和王荣在皇帝面前争论起守边的功劳来。二人越争越激动，越争越气愤，竟然将宋太宗晾在一边，理也不理，完全失去了为臣者应有的礼节。

侍臣实在看不下去，就奏请宋太宗，将两人抓起来，送到吏部去治罪。宋太宗平静地笑了笑，不但没有同意，而且吩咐人把他们照顾好，分别送回家去。

第二天，二人酒醒之后，深为昨天的鲁莽行为而懊悔，不禁后怕。于是，他们一起赶到金銮殿向皇上请罪。

出乎意料，宋太宗对昨天两人的行为表现出一副全然不知的样子，说道："朕也喝醉了，实在记不得发生过这些事情。"

他们走后，侍臣不解地问宋太宗："您明明没喝醉，为什么说自己也喝醉了呢？"

宋太宗说："编个喝醉了的理由，对他们的冒犯不加追究，既没有丢失朝廷的面子，又能让两位大臣警觉自己的言行，能达到惩前毖后的作用也就够了。"

唐代宗与宋太宗这两件宽以待人的小事，之所以能成为流传千古的佳话，大概是因为确有其难能可贵的借鉴作用吧。

不错，人不能一味地宽容，因为那将失去原则，失去自己的尊严。但更不能一味地刻薄，因为那将失去善良，失去别人的尊严。宽容不仅表现为一种胸怀，而且表现为一种睿智；刻薄不仅表现为一种狭隘，而且表现为一种短视。宽容往往产生宽容，刻薄往往产生刻薄。宽容者让别人愉悦，自己也快乐；刻薄者让别人痛苦，自己也难受。宽容者像充满生气的春风，令人亲近；刻薄者像充满杀气的秋风，令人躲避。一般来说，与其选择刻薄，不如选择宽容。

信用比生命更长久

东汉时，朱晖和张堪都是南阳人。张堪早就听说朱晖品德高尚，最讲信用，对他十分仰慕。有一天，两人在太学里结识。分手时，张堪对朱晖说："我有一要事相托，我身体多病，恐怕不久于人世，希望我死后你能对我的妻子儿女多多给予照顾。"

朱晖认为张堪比自己先在朝廷做官，资格比自己老，怎么敢接受如此之重托呢？于是，只是笑着拱拱手就道别了。从那之后，两人再也没有见过面。

过了几年，张堪果然病逝。朱晖听说张堪的妻子儿女生活得很贫困，便亲自前去探望，并送给他们很多财物。在后来的日子里对他们也很关心，就像关心自己的妻子儿女一样。

朱晖的儿子朱颉对父亲的做法很不理解，便问道："父亲过去和张堪也没有什么太多的交往，他死后怎么忽然对他的家人如此地关怀备至呢？"

朱晖回答说："受人之托，忠人之事。张堪生前曾经把妻子儿女托付给我，只有信得过我他才这样做。我必须讲信用，不能辜负他的嘱托啊！"

在并没有明确许诺的情况下，朱晖对张堪的嘱托自觉地去履行了，这可以说是朋友之间守信用的一种更高的境界。所以，多少年来，“情同朱张”这几个字，一直被人们视为朋友间感情执着、讲究信用的代称。

岁月悠悠，朱晖和张堪早已故去，但他们的故事却依然年轻。因为，信用比人的生命更长久。

李苦禅是我国当代著名画家，为人爽直，凡答应给人作画，从不食言。

一次，有位老友请他作一幅画，李苦禅欣然应允。无奈，李苦禅因有事在身未能及时完成画作。不久，当他接到老友病故的讣告后，面有愧色，即趋画案，一丝不苟地画了幅“百莲图”，并郑重其事地题上老友的名字，盖上印章，随即携至后院，肃立将画烧毁。事后，李苦禅还嘱咐儿子说：“今后再有老友要画，及时催我，不可失信啊！”

光阴似箭，李苦禅也已故去，但他的故事却依然年轻。因为信用比人的生命更长久。

善良也要讲究方法

那是一个美丽的小岛，山清水秀，四季分明。岛上最独特之处是有许多种类的蛇，人称蛇岛。蛇岛上建了一个展览馆，专门展出岛上各种各样的蛇。蛇岛逐渐成为一个远近闻名的旅游景区，游客不断。这给当地的居民带来了相当可观的收入。

岛上的居民十分感激上天的关照与恩赐，非常注意保护当地的生态环境，特别是保护蛇。有的人把蛇称为“半仙”，甚至视若神明。

有一天，北风呼啸，突然降温，天很冷。父子俩徒步去集市办年货，途中在路边看到两条冻僵的蛇。儿子弯下腰说：“我把它们放在怀里，让它们慢慢地缓过来吧。”

父亲说：“不急，先让我看看是毒蛇，还是无毒蛇。”父亲仔细观察后确认是无毒蛇，也就同意了。儿子在大衣外面横系了一根绳，把冻僵的蛇放在大衣与棉衣的中间。

随后，父子俩继续赶路。走了一阵子，儿子突然高兴地说：“有一条蛇已经缓过来了，已经会动了。”他高兴地解开大衣的扣子，准备看看，没想到苏醒过来的蛇突然在他手上咬了一口。

父亲急忙上前看了看，心疼地说：“把蛇拿出来吧，免得再咬你。”

儿子说："既然是无毒蛇，问题不大，还是在怀里放着吧。"

父亲坚决地说："不行！一定得拿出来！"

儿子不解地问："咬人是蛇的本性，善良是做人的原则。不能因为蛇咬人，就放弃我们保护蛇的责任。这不是您以前多次对我讲过的话吗？"

父亲不由分说，小心地从儿子的怀里取出了三条蛇，将它们都放进了一个口袋里。接着父亲领着儿子在附近找了一个山洞，山洞里比外面暖和多了。父亲将三条蛇放在了山洞的最里面，自言自语地说："我们可以放心地走了，再过一会儿，它们都能缓过来。"

在继续赶集的路上，父亲笑着对儿子说："一定要记住：善良是可贵的，是任何时候都必须坚持的，但是坚守善良也要讲究方法和手段。我们不仅要避免被毒蛇咬着，而且要避免被无毒蛇咬着。"

谦和是卓越的必备品质

比尔·盖茨鼓励员工畅所欲言，对微软公司的发展、存在的问题，甚至上司的缺点，都可以毫无保留地提出批评、建议或意见。他多次说过："微软公司要建立平等的环境，直接的沟通，施行'开门政策'。也就是说，任何人可以找任何人谈任何话题，任何人也都可以发电子邮件给任何人。如果人人都能提出批评、建议或意见，就说明人人都在关心微软公司。只有这样，微软公司才会有前途。"

1995年，比尔·盖茨宣布一项决定，微软公司将不再涉足浏览器领域的产品。对此，很多员工提出了明确的反对意见。其中，有几位员工发信给比尔·盖茨，直言不讳地说："这是一个危险的错误决定。"

比尔·盖茨立刻虚心地听取了员工们的反对意见，并在认真地反思之后写出了《互联网浪潮》这篇文章。他在此文中诚恳地承认了自己决策的错误，按照员工们的意见调整了微软公司的发展方向。同时，他削减或取消了许多产品的开发，以便把优秀的员工调到开发浏览器的岗位上。那些批评比尔·盖茨的员工，不但没有受处分，而且得到重用，几乎都成了微软公司重要部门的负责人。

员工们说："比尔·盖茨不仅有接受别人批评的胸怀和改变自

已的勇气，而且有善待员工的魅力。”

有一天，一个新员工开车上班时不小心撞坏了比尔·盖茨停着的新车。她吓得不知所措，只好向老员工请教应该如何补救。老员工很有把握地说：“你给比尔·盖茨发一封电子邮件，道个歉就是了。”在发出电子邮件后一小时，她就收到了比尔·盖茨的回信。回信说：“别担心，只要没伤到人就好。同时，借此机会对你加入微软公司表示热烈的欢迎。”

比尔·盖茨的谦和，对微软公司的风气和发展产生了巨大的影响。

在李开复刚刚加入微软公司的时候，和许多员工一样，收到了市场部门经理的一封电子邮件。他兴高采烈地说：“我很高兴地告诉大家，我们的产品展览获得了令人振奋的成绩，在10项大奖中我们囊括了9项。让我们自豪地庆祝吧！”但是，他没想到在一个小时之内，他收到了十多封回信。员工们问：“我们没得到哪个奖？为什么没得到那个奖？我们从中应得到什么教训？明年怎样才能得到10项大奖？所有这些，为什么不告诉我们？”

对此，李开复深有感触地说：“在那一刻，我理解了微软公司为什么会成功。任何一个领导者，如果唯我独尊，不能听取批评，不能容忍不同意见，那他也许可以取得某些暂时的成功，但却绝对无法达到卓越的境界。因为谦和是从优秀到卓越必不可少的品质。”

拍卖教皇轿车的修女

德兰修女创建的仁爱传教修女会，是专门为穷人服务的组织。她的组织有 7000 多名正式成员，组织外还有数不清的义工和追随者；她与众多的总统、国王、传媒巨头和企业巨子关系友善，并受到他们的敬仰和爱戴，世界上最富有的公司都愿意无偿地给她捐钱。

修女会有 4 亿多美金的资产，但是德兰修女自己住的地方，除了电灯之外，唯一的电器就是一部电话，而且是在 1994 年，即她去世前三年才安装的；她没有秘书，所有信件都由她亲笔回复；她没有会客厅，她在教堂外的走廊里接待所有的来访者；她穿的衣服一共有三套，都由自己来洗；她只穿凉鞋，没有袜子。

1964 年，教皇保罗六世到印度访问。他在孟买发表了演讲，对仁爱传教修女会为穷人服务的工作给予了极高的评价，并表示："为了帮助德兰修女的工作，我要把我在这儿使用的轿车送给她。"

当这份令人惊喜的礼物送到德兰修女手中时，她却说："这个轿车对我没用，我总是搭乘最便宜的交通工具，请教皇还是将它送给别人吧。"

但保罗六世不愿意改变自己的初衷，请德兰姆姆自行处理这辆轿车。他以提醒的口吻说："为了你的穷人，好好地利用这辆轿

车吧。”

这句话启发了德兰修女，使她作出了一个令人震惊的决定：将这辆轿车拍卖掉。

由于轿车是教皇所赠，其意义与价值非同一般，所以很多有钱、有身份的人争先恐后前来竞购，致使轿车最终以高出原价10倍的价钱卖出去了。

其后不久，德兰修女就用这笔拍卖所得的款项，在圣地那加尔修建了一所崭新的麻风病康复中心。那里空气清新，视野开阔，对病人的康复很有好处。她给这个康复中心取名叫善谛纳家。在孟加拉语里，善谛纳家就是和平之城的意思，也有人叫它平安之城。

其实，在德兰修女光辉的一生中，一切能捐献的她都捐献了，一切能拍卖的她都拍卖了。比如她将1979年获得的19万美金的诺贝尔和平奖奖金，全部捐给了仁爱传教修女会，修女会用这笔钱为印度的麻风病人设立了一个防治基金；她还拍卖了那枚在世人看来无比珍贵的诺贝尔和平奖的金质奖章，所得的钱也全部用在了穷人身上。

世界各国的许多记者都向德兰修女提过一个共同的问题：“您为什么将一切能奉献的都奉献了，唯独苦了自己？”

德兰修女总是平静地回答这样一句话：“我属于世界，我的责任是服务于全世界的穷人。”同时，她总是把带在身上的事业卡送给每一位记者。小小的事业卡上写有这样的五句话：

沉默的果实是祈祷，
祈祷的果实是信仰，
信仰的果实是仁爱，
仁爱的果实是服务，
服务的果实是和平。

乒乓绅士

2007年5月26日下午，我在家里看中央电视台直播的第49届世界乒乓球锦标赛。男子单打四分之一决赛，即中国选手马琳与白俄罗斯选手萨姆索诺夫的对阵，进行得异常紧张而激烈。马琳排名世界第一，萨姆索诺夫排名世界第六，两强相遇，龙争虎斗，自然格外引人注目。

比赛战至第二局，双方争夺得不相上下。当比分打到4：4的时候，马琳一记凶猛扣杀，萨姆索诺夫奋力救球。尽管球没有落到台面上，但刚好擦边。

即使是一个优秀的裁判员，也不可能绝对避免错判。大概是球速太快，导致裁判员看错了，结果判萨姆索诺夫得分。

马琳十分客观而温和地向裁判员示意，球擦的是球台的下边，得分的应该是自己。

萨姆索诺夫也真诚地向裁判员示意，自己不该得分。

后来，镜头反复回放，球的确是擦在了球台的下边，但不知什么原因，裁判员依然坚持了原始判决。

马琳无奈地摇了摇头，但表示服从裁判。观众席上出现了一片唏嘘，一阵骚动。

接下来，轮到马琳发球。就在此时，一幕戏剧性的场面出现

了。所有观众都清楚地看到：萨姆索诺夫在完全可以接好发球的条件下，故意将发过来的小球轻轻地推到了网下！

心照不宣，萨姆索诺夫用这种“自杀”输球的方式，不仅抵消了裁判员错判给自己的一分球，回赠了马琳一分球，而且维护了比赛的公平。

眼睛雪亮的全场观众，立即对萨姆索诺夫此举报以经久不息的热烈掌声。那掌声，显然是向萨姆索诺夫的高尚人格致敬！马琳也对他连连点头致意。

机敏的电视转播解说员脱口而出，立即做出了十分简洁且精彩的评论：“乒乓绅士！”毫无疑问，萨姆索诺夫是当之无愧的乒乓绅士！

不错，萨姆索诺夫的绅士风度，表现在他对对手的高度尊重，表现在他对输赢的超然态度，表现在他对体育公平性的无私捍卫，表现在他对自己人格的自觉坚守。

面对经久不息的热烈掌声，谦和的萨姆索诺夫只是礼貌地笑了笑，几乎看不出其他的任何表示，但是人心如秤，人心如镜。在乒乓绅士看来，友谊重于比赛，操守重于胜负，公平重于名利，品格重于奖牌。

5 月 27 日，当第 49 届世界乒乓球锦标赛即将落下帷幕之时，大家看到了一个众望所归、深得人心的场面：体育道德风尚奖颁给了乒乓绅士——白俄罗斯名将萨姆索诺夫。

事后，萨姆索诺夫说了很简短、很朴实的感言：“我不知道这样消极比赛是不是好，毕竟每个运动员追求的都是胜利。但是我知道，也追求一种公平竞争的环境。”

8

第八辑

改变自己就可以改变世界

巴顿将军的头盔

巴顿是第二次世界大战中的一位著名的美国将军。他作战勇猛，性情幽默，即使在最困难最危险的时候，浑身也洋溢着大无畏的乐观主义精神。

美国在第二次世界大战中参战较晚。美国刚参战的时候，一些新入伍的年轻士兵由于缺乏作战经验，加之当时德军在北非取得了一连串的胜利，且被渲染得神乎其神，因此，美军的士气比较低落，普遍存在着不同程度的畏敌怯战心理，个别人甚至到了风声鹤唳，草木皆兵的程度。

在这种情况下，巴顿将军搞了一次奇特的阅兵式。当巴顿将军出现在检阅台上时，士兵们惊奇地发现深受他们爱戴的巴顿将军头上竟戴着一顶德国将军的头盔，群情顿时沸腾起来了。

巴顿将军从容而坚定地对士兵们说："我头上戴的头盔，是刚从德国将军那里缴获来的！这足以说明德国军队根本不是不可战胜的！"

阅兵场上一片欢呼。

巴顿将军继续诙谐地笑着说："我要戴着这个头盔，一直打到柏林！"

欢呼声像大海的波涛，一浪高过一浪，美国士兵的畏敌怯战

的情绪顿时一扫而光。

当然，巴顿将军并未将这顶德国将军的头盔继续戴下去。在以后漫长的战争岁月里，他戴的一直是自己的头盔。不过，他别出心裁地将军衔的二颗将星标在头盔上。

他的这种做法，在军部引起了各种不同的反应。

有个老资格的上校说：“将军阁下，你难道不怕德国人认识你吗？难道你的头盔是打不穿的吗？”

“我的头盔当然不是打不穿的。”巴顿将军坦然自若地说，“不过，作为一个将军，是敌人看见我的机会多呢？还是我们的士兵看见我的机会多呢？”

老上校还是不理解地摇摇头。于是，巴顿将军就带着他下部队去巡视。每到一处，士兵们只要看见巴顿将军的头盔就欢呼起来。这时巴顿又对老上校说：“你在部队时间比我久，为什么士兵能一眼认出我，而认不出你呢？”

老上校身临其境地感受到巴顿将军与士兵们非常融洽的官兵关系，感受到头盔使巴顿将军大无畏的乐观主义形象更加深刻地印在了士兵们的心中，终于心悦诚服了。

没有胆量和魄力的领导，高高在上脱离群众的领导根本不是好领导。正如拿破仑所说：“一头雄狮率领的一群绵羊，可以战胜一只绵羊率领的一群狮子。”

不赌为赢

有一对狂赌多年、赌瘾不灭的夫妻，家产几乎全部输光，经常三餐不继。

有一天下午，好心的邻居得知他们连早饭和午饭都没吃上，实在不忍看下去了，便送给他们一张饼。他们两个人都很兴奋，都想占为己有，不谋而合地想到同一个主意：就是“赌”！谁赢了，谁就独享那张饼。

赌博赌博，越赌越薄。上了赌博场，不认爹和娘。这对棋逢对手、旗鼓相当的赌徒夫妻，在炕上赌了好久也分不出高低胜负。他们继续聚精会神、全神贯注地赌，对周围的一切都浑然不觉，似乎忘记了饥饿，忘掉了一切……

夜深了，有两个小偷经过他们的家，看到这种情形，便神不知鬼不觉地将他们家中仅剩的几把椅子和几件瓷器偷了个精光，还顺手牵羊地偷走了那张饼。这下子真的一无所有了！

从这个故事，联想到了澳门赌王的箴言。

1988 年，年迈的澳门赌王去世前，留下一句言简意赅、耐人寻味的箴言：“不赌为赢。”

人之将死，其言也善。这位饱经沧桑的赌王，至死方悟出关于赌博的真谛：一生豪赌，终归为输。赌场上没有常胜将军。“输”

者“输”掉的不单单是赌资，还有许多比赌资更加珍贵的东西，比如时间、良心、正义、人格与生命等等。即使是“赢”者，“赢”到的也不仅仅是赌资，还有比赌资更加血腥的东西，比如赢得他人妻离子散，家破人亡。所以，久赌无胜家，不管是输还是赢，一旦误入“赌”途，最终都将抱恨终生。

其实，任何贪欲之心都如赌徒之瘾。只有远离诱惑，才能遏制贪欲之心，才能立于不败之地。如果深陷诱惑，势必膨胀贪欲之心，势必身败名裂。

推而广之地理解，“不赌为赢”也是远离与战胜形形色色诱惑的绝妙箴言。

放弃诱惑

在东南亚一带，有一种捕捉猴子的方法，非常简单，但耐人寻味。

当地人用木箱子捕捉猴子。在箱子上开一个小洞，大小刚刚够猴子的手伸进去，并将一些鲜美的水果放在箱子里面。

如果猴子的手抓住了水果，手便不能从箱子里抽出来，除非它把手中的水果丢下。但大多数的猴子都抵挡不住诱惑，舍不得把手中鲜美的水果放弃。因此，当猎人来到的时候，不需要费什么力气，就可以很轻易地捉住猴子。

其实，抵挡不住诱惑的不只是猴子，人也常常抵挡不住诱惑。

在一个三代同堂的富贵人家中，有个全家人都非常疼爱的小孙子。有一天，不知何故，小孙子的手居然卡在古董花瓶内。家里的人试过各种方法，就是无法把小孙子的手弄出来。

最后，在几乎束手无策的情况下，为了不碰伤小孙子的手，爷爷和奶奶只好忍痛割爱，敲碎了昂贵的花瓶。

此时家人才发现，小孙子的手里紧紧地握着一样东西。在大家的耐心劝导下，小孙子终于松开了手。原来，小孙子的手里握着的只是一块糖。

这个小孙子仅仅为了一块糖，却使家里赔上了那只价值非凡

的古董花瓶。

香饵之下，必有鱼死。实际上，我们身边许许多多因抵挡不住诱惑而酿成的悲剧，远比上面两个故事中的后果惨重得多。

在生活中，与抓住机遇同样重要的是放弃诱惑，是该松手时就松手。而放弃诱惑的关键，则是战胜自我。司马迁有一句话:“反听之谓聪，内视之谓明，自胜之谓强。”不错，战胜自我，所向无敌。

善待人性的特点

美国一所大学的社会学教授，做了这样一个实验。

他要求学生在下面的三种情况下，选择其中的一种，捐出自己的钱来进行援助。

这三种情况如下：

一是非洲中部遭遇严重旱灾，许多人正面临死亡的严重威胁。

二是大学中一名成绩优异的学生，因为无力负担学费，已处于无法继续学习的困境。

三是购置一部复印机，放在系办公室里供学生们使用。

学生们以不记名方式选择，结果有85%的学生，选择捐钱买复印机；有12%的学生，选择捐钱资助成绩优异的学生完成学业；只有3%的学生，选择捐钱援助非洲的难民。

这个没有任何引导的实验，一方面说明每个学生都程度不同地关心他人的困难，愿意给予帮助；另一方面说明大多数学生更关心的是与自己切身的利益相关的事情。

当然，人是可以改变的。如果引导得当，学生们的选择也会有所变化，表现出更多的无私奉献。

无私奉献是高尚的。但是，对关系自己切身利益的选择，也不能简单地全盘否定，不能认为是一件坏事，而应当充分看到其中的积极因素。明白人性的这个特点，并妥善地加以引导，可以成全许多有益的事情。

铁路局的客运列车，曾为冬天乘客不肯随手关上门而大伤脑筋，于是在每节车厢里贴了一张告示：

“为了大家的舒适，请随手关门。”

告示贴出后，情况虽有所改变，但收效不是很大。

后来，列车长想出一个新的方法，将告示改写成：

“为了您自己的舒适，请随手关门。”

从此以后，车门基本上都关好了。

希望别人怎样对待自己，自己就要怎样对待别人。自己怎样对待别人，别人也就会怎样对待自己。给人一束玫瑰，会留下一缕芬芳。帮助别人，就是帮助自己，即使不是直接地帮助自己，也是间接地帮助自己。

同自己决斗

那是一天的夜晚，一个年轻人心烦意乱地走到悬崖边。他觉得生活无聊而平淡，厌倦了人世间的孤独和艰辛，决心跳下悬崖。

忽然，有什么声音传来，他不禁侧耳倾听，原来是婴儿的哭声。顿时，一种前所未有的激动袭来，他感到如此轻生实在对不起父母的养育之恩。他奋力挣脱诱惑他自杀的死神，循着哭声和灯光奔去。

这位决心跳崖自杀的年轻人不是别人，正是后来成为俄国伟大文学家的屠格涅夫。

后来，屠格涅夫曾说过大彻大悟的话："要想战胜外界，首先必须战胜自我。我们的生命虽然短暂而且渺小，但是伟大的一切都是由人的手所造成。人生在世，意识到自己崇高的任务，那就是他的无上的快乐。"

屠格涅夫是同自己决斗的胜者。

也是一天的夜晚，一个年轻人沿着巴黎塞纳河堤走着。他的心情沮丧，走投无路，想投河自尽。

他年仅 25 岁，但短短的 25 个年头却充满了辛酸与不幸。孩提时，因为政治原因，母亲带着他离开了家园，逃往法国，像难民一样地到处求乞度日，过着度日如年、饥寒交迫的生活。后来，

这位年轻人投入军队，凭着聪明才智，不久就升到很高的官阶。但是当时法国动荡不安，他因为持不同的政治观点而遭到逮捕，被解除官职，又不得不离开军队。他已经身无分文，一贫如洗。他十分悲观，感到前途没有丝毫的光亮。他决心解脱痛苦，跳入那漆黑的河流中去。

突然，黑暗中隐约出现一个人影，亲切地呼唤着他的名字。这个人是他军队里最好的朋友。朋友听完了他的倾诉之后甚为感动，决定帮助他。由于这个朋友的帮助，改变了这位年轻人的一生。

这位决心跳河自杀的年轻人不是别人，正是后来赫赫有名的波拿巴·拿破仑。

波拿巴·拿破仑也是同自己决斗的胜者。

有一次，法国作家大仲马和一位官运亨通、飞扬跋扈的青年政客发生了争执。在中间人的安排下，他们商定用抽签来决定各自的命运，输者必须向自己开一枪。

结果是大仲马输了。他手里拿着枪，神情严肃地走进另一间房里，随手关上门。在场的同伴们不安地等待着那一声枪响。可是，等了好一会儿，枪声才响。对手和同伴急忙向房间里跑去。打开房门，只见大仲马手拿着冒烟的枪，失望地对大家说："先生们，最遗憾的事发生了——我没有打中。"

大仲马接着说："恪守诺言固然令人尊敬，但为了一点鸡毛蒜皮的小事，就让生命做无畏的牺牲，这样的蠢事不仅我不会这样做，而且我也不会让我的对手这样做。"

大仲马以幽默的方式解决了这一问题，让人觉得他是一名生活的智者和强者。

大仲马更是同自己决斗的胜者。

每个人的生命都是父母生命的继续，无端地自杀，无异于杀害自己父母的生命。不用摆更多的大道理，仅就这一点，就可以说，在年轻人所有的缺点中，最不能容忍的缺点就是轻视自己的

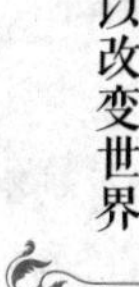

生命。年轻人遇到点挫折、失意、苦难或不幸就鄙薄自己，否定自己，以自杀来结束自己，实在是人世间最大的过错。

“人最宝贵的东西是生命，生命属于人只有一次。一个人的生命是应当这样度过的：当他回首往事的时候，他不会因为虚度年华而悔恨，也不会因为碌碌无为而羞耻；这样，在临死的时候，他就能够说：‘我整个的生命和全部的精力都已经献给了世界上最壮丽的事业——为人类的解放而斗争！’”

要想战胜外界，首先必须战胜自我。人，务必是同自己决斗的胜者。

美丽的欺骗

年轻的爸爸和九岁的儿子在一起放风筝。突然，刮起了一阵旋风，一棵小树的树枝把风筝紧紧地缠住了。

于是，爸爸取来了一架梯子，准备往上爬。

儿子说："爸爸，让我来吧！"

爸爸看了看九岁的儿子，想了想说："也好，让你来就让你来。"

儿子像个机敏的小猴子，转眼就爬到梯子的上端，解开了缠在树枝上的风筝线，转过头来对着爸爸嘻嘻地笑。

儿子正要下来，爸爸制止了他："等一等。"

儿子愣住了，望着爸爸，问："怎么啦？"

爸爸说："我先讲个流传很广的真实故事给你听，听完之后你再下来。"

于是，儿子笑得更加开心了，一手抓住梯子，一手拿着风筝，等着听爸爸讲故事。因为爸爸讲的故事，总是引人入胜的。

爸爸说："有一天，美国大富豪洛克菲勒扶着自己的小孙子在地毯上做爬梯子的游戏。他鼓励小孙子勇敢地往上爬，同时安慰地说：'有爷爷扶着，不用怕！'当小孙子刚刚爬上梯子之后，老洛克菲勒便撒开了手，不再扶他的小孙子。结果，小孙子从梯子上摔下来。小孙子哭哭啼啼地站起身来，问：'爷爷，你为什么要骗我？'这时，老洛克菲勒说：'你看，连爷爷这样的亲人也靠不

住，别人说的话就更不能全都相信了。'”

停了一会儿，爸爸对儿子说：“我们照着做一次，好不好？”

儿子一听，脸都吓白了。“这么高，又没有地毯，怎么能行？”

爸爸说：“不要怕，勇敢一点，只要跳这一次就行了，不会有什么大的危险。我要给你留下一个深刻的印象，免得你以后长大了，容易上人家的当。”

然而，儿子还是不敢跳，站在梯子上纹丝不动。

爸爸开始发号施令了：“听着啊，我喊一、二、三，喊到三的时候你就跳下来，然后我就把伸出去假装要接住你的手缩回来。”

他咬紧牙关，闭上眼睛，忍着眼泪，无可奈何的儿子终于从梯子上跳了下来。他认为自己的身体将像一个南瓜一样“噗”的一声，摔得肢离破碎……

然而，爸爸的身体没有移开，手也没有缩回去，而是把掉下来的儿子结结实实地抱在了怀中。

儿子虽然没有受伤，但是神情比刚才更加疑惑。他问：“爸爸，你为什么要骗我？”

爸爸笑出声来，说：“爸爸是想让你知道，即使是别人的话，有时也是可以相信的。何况是爸爸的话呢？”

所有灿烂的阳光又都回到了儿子的脸上。他搂着爸爸，不住地吻着爸爸的双颊。

突然，儿子又问：“我还是不明白，那个狠心的老洛克菲勒为什么要骗自己的小孙孙？”

爸爸耐心地解释：“像洛克菲勒这样举世闻名的成功企业家，为了教育自己的孙子不惜改变自己在小孙孙心目中的偶像地位。如果把那架梯子看成是通向成功的阶梯，那么爬梯子就是在成功之路上向上攀登。老洛克菲勒是要告诉小孙孙一个重要的道理：成功主要靠自己。当然，老洛克菲勒知道刚爬上梯子的小孙子即使掉在地毯上，也不可能被真的摔坏。”

不错，人生有时候要善于怀疑，但更多的时候要善于相信。

大师移山

很久以前，有个年轻人想尽了千方百计，走访了千家万户，跨过了千山万水，经历了千辛万苦，终于找到了那位德高望重、闻名遐尔的大师，并决心学会“移山大法”。

可是，大师每天只是教年轻人练文习武和修养身心，并不教“移山大法”的诀窍。时间过得很快，转眼就是三年。年轻人的文韬武略和道德品质大有长进，但也难免急不可耐，便一再央求恩师当众表演一下“移山大法”。后来，大师总算同意了。

那一天，前来观看大师表演“移山大法”的人热闹非凡。只见大师在一座山的一面坐了一会儿，然后又起身跑到山的另一面坐了一会儿。突然，大师出人意料地宣布：“移山表演完毕。”

众人大惑不解，不少人感到受了愚弄，因而很愤怒，指责大师是个名不副实、道貌岸然的大骗子。

大师却不慌不忙、心平气和地说，这个世界上既没有什么传说的“移山大师”，也没有什么传说的“移山大法”，唯一能够移山的方法就是“山不过来，我就过去”。

随后，大师让学生把早已准备好的一块石碑立在山脚下。石碑上刻着大师亲笔书写的流传至今的几句话：

“也许我们不能移动大山，

但是我们可以运作自我；

也许我们不能左右天气，

但是我们可以把握心情；

也许我们不能选择容颜，

但是我们可以展现笑容；

也许我们不能号令他人，

但是我们可以指挥自己；

也许我们不能预知将来，

但是我们可以用好现在；

也许我们不能样样如意，

但是我们可以事事尽力；

也许我们不能主宰生命的始终，

但是我们可以决定生命的价值。

客观会因我们而发生改变；

世界会因我们而变得精彩。"

虽然大师没有把山真正移走，但是留下了"移山大师"的美名。那块石碑，被后人称为"移山碑"；那碑文，被后人称为"移山铭"。

不要吝惜掌声

1927年，美国电影艺术科学院成立。从此，每年颁发一次学院奖，也就是著名的奥斯卡奖，以鼓励在上一年度对电影事业发展做出杰出贡献的人。

那一年举行奥斯卡奖的颁奖盛会，各国电影界的名流又聚集一堂。五光十色的灯光烘托出节日般的喜庆氛围，摄像师已经调试好镜头，准备将这激动人心的场面传遍全球。

当一位年过花甲的老演员走上领奖台的时候，因为激动和紧张，满腹的话都卡在喉咙里。尽管他在台下有比较充分的心理准备，要说的话已经演练过好多遍，可在众目睽睽之下，依然无法抑制内心的激动，也控制不住莫名的紧张，竟然连一句话也说不出来。这让现场和电视机前的观众，都为他捏了一把汗。

在这尴尬窘迫的时刻，他下意识地扯着颈前的领结，随之憋出了一串感叹词，还带出一句自我解嘲的话："噢，我的天，噢，我的天……猴子爬得越高，它的红屁股就越显眼。"

话音刚落，立刻响起了热烈的掌声。这掌声表达了对他过度紧张的理解，同时也给他提供了稳定情绪的力量和时间。

老演员在掌声中迅速地恢复了常态，诚恳地说："刚才由于过度激动和紧张，我把自己最糟糕的一面展现在各位的面前。是各

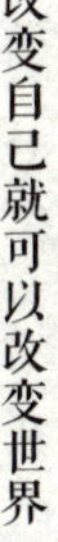

位热烈的掌声，给了我恢复自信的力量和时间。谢谢大家！”

掌声又一次更热烈地响了起来。掌声过后，他流畅地发表了极其精彩而简短的演讲。

其实，不只是光彩照人的名人需要掌声，就连街头艺人也不例外。

那天在火车站的附近，看到一个街头艺人娴熟地拨动琴弦，奏出了哀婉动人的旋律，吸引了不少行人驻足聆听。演奏间歇时，人们纷纷往钱罐里扔硬币，有的甚至拿出了拾元或贰拾元的大票，以表达对他的欣赏与同情。但不知为什么，街头艺人的表情依然闷闷不乐。

一个给了他贰拾元大票的女青年感到意外，不解地轻声问自己的男朋友：“他已经得了不少的钱，为什么还不开心？”

她的男朋友猜测说：“也许，他是需要掌声吧！”

女青年似乎恍然大悟，毫不犹豫地献上了自己的掌声，其他人也都跟着献上了自己的掌声。

在热烈的掌声中，只见街头艺人那张憔悴的面孔舒展开来，眼睛里充满激动的泪水。那眼神似乎在向大家诉说，即使是一个街头艺人，也有自己的尊严，也需要别人的赏识。

有时候掌声是理解、是鼓励，有时候掌声是欣赏、是肯定，有时候掌声是赞扬、是尊重……掌声不仅能帮助他人，还能提升自己。一个人只要多一些宽容与善良，就会多一些真情与掌声。人人都需要掌声，人人都不要吝惜掌声。

温和的魅力

罗纳先生原本是维也纳的一位知名律师，在第二次世界大战期间被迫逃到了瑞典，因而急需找份工作维持生活。他的长处是精通几个国家的语言，文字表达能力也不错，适合在进出口公司里做秘书工作。于是，他向一些进出口公司发出了求职信。

绝大多数的公司都用回信的形式婉言谢绝了他，理由也大同小异：因为正在打仗，公司的效益不是很好，暂时不需要秘书。不过，他们会将他的名字保存在档案里，待有机会时一定重新考虑，等等。

唯独有一家公司不留情面，在写给罗纳的信上说："你对我公司业务了解的太少，并且有许多误解，何况现在我公司根本不需要任何秘书。即使将来需要，也决不会聘用你，因为你的求职信中竟然有不少语法上的错误……"署名是那家公司的总经理。

当罗纳看到这封刻薄的回信时，如同受到了莫大的羞辱。一怒之下，他也写了一封同样刻薄的信，目的是要以其人之道，还治其人之身。但当他写完之后，并没有马上将信寄出，而是静下心来，对自己说："公司的回信尽管很刻薄，但是从积极的角度思考，也许不无道理。我虽钻研过瑞典文，可是毕竟不是我的母语，求职信很可能犯了不少自己不能认识到的错误。如果我想找到一

份秘书工作，就必须更加努力地学习。这封信的一个重要作用就是使自己更有自知之明，努力的方向也更明确。与其用挖苦的办法来报复对方，倒不如发自内心地感谢一番。”

于是，罗纳撕掉了发泄愤怒的那封信，另外写了一封热情洋溢的感谢信。信中说：“我之所以给您写求职信，因为您是这一领域的领军人物。没想到，您竟然在百忙之中亲自给我回信。您的信写得实在是太好了，可谓良药苦口，忠言逆耳，对我很有益处。我对贵公司的业务有误解之处，请原谅海涵。至于信中语法上的错误，我感到很惭愧，也很难过。我现在决心更加努力地去学习瑞典文，以尽快改正我的错误。我真诚地谢谢您，因为正是您的信激励我走上了改进提高之路……”

罗纳没有想到，几天后又收到了那位总经理的回信。信中对他闻过则喜、严于律己和自强不息的精神大加赞赏，并请他一定到公司面谈。

面谈进行得非常愉快和成功，总经理不仅让罗纳如愿以偿地担任一名秘书，而且还破格地让他负责公司的秘书工作。

事后，罗纳颇有感触，在当天的日记中写下了这样的话：“温和能给人带来好运。用温和来代替愤怒，能使人得到意想不到的收获。温和是人生一种宝贵的财富，温和往往比愤怒更有魅力。”

不错，心诚色温，气和辞婉，必能动人。

尊重

1981年春，当时还是副总统的乔治·布什乘“空军2号”飞机赶往外地执行公务。突然，他接到国务卿黑格从华盛顿打来的紧急电话：“出事了，请您尽快返回华盛顿。”事非寻常，“空军2号”立刻调头，改变航向。

几分钟之后，布什从收到的密电中得知了令人震惊的消息：里根总统遇刺中弹，正在华盛顿大学医院的手术室里紧急抢救。

“空军2号”在安德鲁斯着陆的前45分钟，布什的空军副官约翰·马西尼中校来到前舱为结束空中飞行做准备。飞机缓缓下滑时，马西尼突然提出了一个特殊事情特殊办的建议：“直接飞往白宫，在南草坪上着陆。”因为如果按常规在安德鲁斯降落后，再换乘海军陆战队的直升飞机飞抵副总统住所附近的停机坪着陆，再驾车驶往白宫，势必浪费许多宝贵的时间。

布什考虑了片刻，决定放弃这个打破常规的计划，仍按照惯例办。

马西尼再次提醒道：“我们到达时，市区交通正处高峰时期，街道上的交通很拥挤，坐车到白宫还要多花10至15分钟的宝贵时间。”

“也许是这样的，但是我们必须严格按规矩办。”

马西尼说:“是的，先生。”说着走向舱门。

看到马西尼尽管表示服从，但显得疑惑不解时，布什叫住他，解释道:“约翰中校，在美国，只有里根总统的“空军1号”才能在南草坪上着陆。我乔治·布什只是副总统，不是总统，不能那样做。”

跟随布什多年的工作人员都知道他的一贯主张：心怀尊重，是做好副职的最重要的条件，也是人与人之间相互信任的基础。

只有尊重领导，才能得到领导的尊重；只有尊重他人，才能得到他人的尊重；只有尊重人民，才能得到人民的尊重。

淡交

宋朝王谠的《唐语林》中记载了这样一个故事：

有个叫崔枢的人去汴梁赶考，同一南方商人住在一起达半年之久，两人成了非常要好的朋友。

后来，这位商人不幸得了重病，临终前对崔枢说："看来，我的病是治不好了。按我们家乡的风俗，人死了要土葬，希望你能帮我这个忙。"崔枢答应了他的请求。

商人接着又说："我有一颗珍贵的宝珠，价值万贯，得之能蹈火赴水，愿奉送给你。"崔枢怀着好奇的心理接受了宝珠。可事后他仔细一想觉得不妥，怎么能够接受朋友这么贵重的礼物呢？

商人死后，崔枢在安葬他时，不露声色地把宝珠也一同放进了棺材，葬入了坟墓。

一年后，商人的妻子从南方千里迢迢来寻找亡夫，并追查宝珠的下落。官府派人逮捕了崔枢，他却坦坦荡荡、毫无惧色，心平气和、胸有成竹地说："如果他的墓还没有被盗的话，宝珠一定还在棺材里。"于是，官府派人挖墓开棺，果然宝珠还在棺材里。

由于崔枢的品质确实出类拔萃，官府千方百计地挽留他做幕僚，但他不肯。第二年，崔枢考中进士，后来出任主考官，一直享有清廉的名声。

不难想象，假如崔枢带走了宝珠，商人的妻子又不知实情，告他“谋财害命”，恐怕他有口也难辩了。官府追查下去，他和商人的友谊就可能另当别论，史书也就不会留下葬宝珠的美谈了。

与崔枢葬宝珠的故事相比，李勉葬黄金的故事也毫不逊色。

天宝年间，有一书生旅途中暂住在宋州。当时李勉年轻贫苦，与这书生同住在一家旅店。然而没到十天，书生急病发作，很快就生命垂危了。书生临终前对李勉说：“我家住在洪州，准备到京城去求职，可才到这里就病得不行了，这大概是天命吧。”随后，他拿出黄金百两，递给李勉，说：“我的仆从没人知道我带了这么多金子。先生为我办完身后事，余下的金子就赠送给你了。”等到葬礼之时，李勉把剩下的黄金一同埋进墓中，一点也没留。

几年后，李勉在开封为官，那书生的弟弟沿路寻找书生的下落。到了宋州，得知当时是李勉主办的丧事，就专门到开封府拜访李勉，顺便打听黄金的下落。李勉请了假，到书生的墓地取出黄金，交给了书生的弟弟。

历史是现实的一面镜子。朋友之间物质上的往来，在彼此真诚互助的基础上当然可以进行，也是人之常情。即使有些很重的礼物，有时也可以接受。但是，这种物质往来必须掌握好一定的度。如果超过了特定条件下的限度，就很可能播下了祸患的种子。

“君子淡如水，岁久情愈真。”这句话，是经得起时间长久考验的至理名言。

放弃不适合自己的

1998年，著名作家毕淑敏成了心理学的研究生。经过几年的刻苦学习，到了2003年7月，离拿到心理学博士学位的日子越来越近了。但她思之再三，最终决定放弃。

这使许多人感到意外，关心的人劝她说："现在学位很时髦，正如中组部调查时发现的一种倾向：现在一些干部的学位越填越高，年龄越填越小，官职越填越大。你为什么要放弃呢？岂不是太可惜了吗？"

她冷静客观地回答道："因为我不能去考外语、写论文。我担心一个几十万字的心理学博士论文写下来，我可能就不会写小说了。因为风格不一样，思维的训练也不一样。考外语，是一个死功夫。我想，生命对我这个年过五十的人来说是那么宝贵，不值得拿出半年时间，专门去念外语，去应对考试。"

毕淑敏放弃了争取心理学博士学位之后，在北京西四环外开设了一家心理咨询中心。她认为，这是"助人和自助的工作"，是极有兴趣探索和愿意去做的有价值的事情。

爱因斯坦也是一个很懂得放弃的人。在20世纪50年代，他收到以色列当局的一封信，信中诚恳地请他去担任以色列总统。在一般人看来，爱因斯坦若能当上犹太国的总统，自然是无上光荣的幸事。出乎人们的意料，他竟然非常明确地拒绝了以色列当局的重托与厚望。他说："我整个一生都在同客观物质打交道，既缺乏胜任总统的才智，也缺乏处理行政事务以及公正地对待别人的经验。所以，本人不适合承担如此的高官重任。"假如爱因斯坦当时没有拒绝，那么世界上就多了一个不胜任的总统，少了一个一流的科学家。

比尔·盖茨的放弃也值得一提。以他的实力，足可以买下纽约，去做房地产老板。但是他只关注自己的操作系统和软件的研究和开发，而不被市场中的暴利行业所诱惑。有位投资专家评论得妙："比尔·盖茨聪明的过人之处，不只是在于他知道做什么，而且在于知道不做什么，知道应该放弃什么。"

推而广之，一个政治家不可能做好改革的每一个细节，一个科学家不可能精通科学的每一个领域，一个企业家不可能占领工业的每一个阵地，一个旅游家不可能走遍世界的每一个乡村，一个文学家也不可能写好每一个作品……贪图无所不能，只能一无所能；试图无所不知，只能一无所知；企图无所不有，只能一无所有。少则得，多则惑。同时追几只兔子，就连一只也追不到。古今中外，概莫能外。

知道自己能够做些什么，说明自己在成长；知道自己不能做些什么，说明自己在成熟。成功不只是要善于抓住机会，而且要善于放弃诱惑。有所放弃，才能有所收获。每一个人要想有所作为，就要毅然决然地放弃一切不适合自己的目标、计划和行动。

着装实验

乔恩·莫利先生是美国著名的形象设计大师，他曾做过一个着装实验。着装实验的目的是要搞清楚：按照社会中上层人士的习惯着装，或按照社会中下层人士的习惯着装，人们将如何看待他们的成功率，将如何与他们相处共事。

着装实验分下面两部分进行：

首先，他调查了 1632 人，给他们看同一个人的两张照片。但他故意宣称，这不是同一个人，而是一对孪生兄弟。其中一个穿着社会中上层人士常穿的卡其色风衣，另一个穿着社会中下层人士常穿的黑色风衣。他问调查对象，他们之中谁是成功者？结果 87% 的人认为穿卡其色风衣的人是个成功者，只有 13% 的人认为穿黑色风衣的人是个成功者。

其次，他挑选 100 个 25 岁左右的年轻大学毕业生，都出身于美国中部中层家庭。他让其中的 50 个比照中上层人士的标准着装，让另外 50 个比照中下层人士的标准着装。然后把他们分别送到 100 个公司的办公室，声称是新上任的公司经理助理，进而检验秘书们对他们的合作态度。他让这些新上任的助理给秘书下达同样的指令：“小姐，请把这些文件给我找出来，送到我在的办公室。”说完后扭头就走，不给秘书对话的机会。结果发现按照中下层人

士标准着装的只有12个人得到了文件，而按照中上层人士标准着装的却有42个人得到了文件。显然，秘书们更听从那些比照中上层人士标准着装人的指令，并较好地与他们配合。

乔恩·莫利先生从着装实验得出了这样的结论：大多数人都是本能地以外表来判断、衡量一个人的身份和地位，进而决定自己对一个人的态度。在社会上进行交际时，一个人如何着装，将影响到别人对自己的态度、可信度和配合程度。

乔恩·莫利先生进而提出了这样的分析与忠告：对于绝大多数人来说，几乎都无法与比尔·盖茨相比。他是一个超级品牌，他的名字已经成为超级成就的代名词。他的辉煌成就，他对世界的巨大贡献，决定了他无论穿什么、讲什么，几乎所有的人不仅能够接受他、相信他，而且尊敬他、崇拜他。他是个奇特的传奇人物，他的成就和业绩已经超出形象可以传达的内容。衡量社会“成功”人士的形象标准已经无法应用于他。即便如此，比尔·盖茨本人也并非完全不关注自己的形象。只要认真观察就会发现他的形象也在与时俱进，日趋完善。但是，对绝大多数人来说，却不能不在乎他人对我们着装的反应，不能不注重自己的着装。